今日、笑って過ごせれば

卵巣がんが完治した妻と、
肺がん・脳腫瘍を発症した夫の日常

山上りるも

RIGHTING BOOKS

はじめに

がんを克服した一般人の体験談。

抗がん剤を使わずに再発を防いでいる人が、どのような生活を送っているのか。

それが、自分が卵巣がんになったときに「一番知りたかったこと」でした。

２０１０年に卵巣がんを宣告された私は、

「周辺の臓器を摘出して抗がん剤治療を行う」という医師の治療方針に従わず、

「がんがない臓器は温存する」、「抗がん剤治療は受けない」と決意しました。

免疫力を上げることで、病気になりにくい身体を作ることができると知ったからです。

自分で決めたことです。それでも、不安はありました。

これから自分はどうなってしまうのか、どうするべきか。少しでも情報がほしくて、インターネット検索をしたり、本を探したりしました。

ところが見つかったのは、がんを克服した芸能人の講演会のみ。保険外の高額な治療法で回復したという内容では、参考になりません。一般人が捻出できる金額で、日常生活に取り入れられる方法はないか……頑張って探しましたが、見つけられませんでした。

それなら、自分ががんを克服したとき、その情報を発信しよう。自分と同じように不安になっている人が、少しでも安心できる情報を伝えられるようになろうと決めました。

そして、がんを克服する方法を求めて本屋に行き、たくさんの本を読みました。東洋医学に基づく方法の中から、自分にも簡単にできることを取り入れて、効果を感じられるものを続けてきました。

2025年1月現在、手術から一度も再発することなく生きてきました。

手術の1年後に『セカンドステージ　がんと向き合い、はじまった人生』を企画・実施し、5年後から『「がん」が教えてくれたこと―病気と向き合い、始まった人生―』というタイトルで、本格的にがん克服講演を始めました。

がんになるまでの生き方と、告知されたときの葛藤。

どのようにがんを受け入れて、第二の人生を生きてきたか。

誰の著書を読み、どの考えを参考にしたのか。その中で、どれを日常に取り入れて実践し、どのような結果を得たのか。

がんと診断されたことで得た保険給付金を何に、それぞれ年間いくら使ったのか、など。

私には医学の専門知識はありません。ですから、あくまで一般人の体験、ひとつの事例として、できるだけ具体的にお話しをしてきました。


2022年4月には、夫が肺がんを発症してしまいました。

医師からは「手術で肺の3分の1を切除し、在宅酸素療法が必要になる」と告げられましたが、私と夫は治療法について話し合い、東洋医学による自然治癒を目指しました。素晴らしい先生との出会いのおかげで、肺がんはどんどん小さくなっていきました。

ところが、腕の骨と脳にがんが転移。もう一度話し合い、様子を見ながら抗がん剤治療を受けることにしました。

現在は、腕の骨はほぼ元どおりになりました。

脳の腫瘍は何度か再発を繰り返してしまいましたが、夫は定期的に検査を受けながら、自宅で大好きなギターを弾いたりして過ごしています。


私たちの選択や考え方、生き方が「正解」だと言うつもりはありません。

ただ、がんになったとき「転移の可能性がある臓器を摘出して、抗がん剤治療を受ける」以外の選択肢があること、自分が決めて選んだことであれば「正解」や「間違い」はないということを多くの人に知ってほしいと思い、筆をとりました。

私たちは、自分が選択した治療方法を後悔していません。「これで良かったんだ」と、いま、心から思っています。

今日、笑って過ごせれば

卵巣がんが完治した妻と、肺がん・脳腫瘍を発症した夫の日常

目次

安保徹の食べる免疫力
今あるガンが消えていく食事
ガンが逃げ出す生き方

大石林山
神々の巨大彫刻群

目次

第1章　卵巣がんの発症と、選んだ道

最初の警告、胆嚢ポリープ

大阪で生まれ育った私は、神戸の短大を卒業しました。その後、１９９３年に生活の場を長野県松本市に移し、ラジオのアシスタント兼リポーター、テレビのリポーター、ブライダルやイベントの司会など、多くの〝話す〟仕事をいただいて日々奔走していました。自炊する余裕などなく、食事はほぼコンビニ弁当か外食。交流会や飲み会には積極的に参加し、お酒もたくさん飲んでいました。

夫と出会い、結婚して大阪に戻ってからは、結婚式やイベントなどの司会業がメインになりました。２００４年に筆跡診断と出会い、２年後に筆跡診断士になってからは、診断と講演会も始めました。二足のわらじを履き、ますます休む暇がなくなりましたが、つらいと思ったことはありませんでした。「余裕がない日々」を「充実した毎日」と思い込んでいたのです。

気づかないだけで、心身は確実に磨耗していきました。

２００９年1月下旬、ついに身体が警告を発しました。

急に胃が痛くなり、血便が出ました。急いで病院に行って検査を受けると、１２ミリもの胆嚢ポリープが見つかりました。

「悪性腫瘍の可能性があるので、手術で胆嚢を取ったほうがいいですね」

どきっとしました。

私の母は、すい臓がんで亡くなりました。まだ1年2カ月しか経っていません。母が亡くなる3年前には、父が前立腺がん、胃がん、肺がんを発症して、最期は肺炎で他界しました。

（まさか、私もがんに……？　でも、仕事は休めない。どうしよう）

「手術の予定が詰まっているため、最短でも2カ月後になります。その後は、回復が早ければ１週間くらいで退院できるでしょう」

当時の私には、１週間も治療に専念する余裕はありませんでした。帰宅後、大急ぎでパソコンを起動して「胆嚢ポリープ　手術」などのキーワードでインターネット検索をして、胆嚢ポリープの日帰り手術を行っている福岡県の病院を見つけ出しました。

すぐさま病院に電話をかけて、１カ月後に検査と手術の予約を取りました。

３月２日、私は福岡県の病院で検査を、翌日に腹腔鏡手術を受けました。手術はわずか４０分で終わり、次の日には新幹線で帰阪。４日後には結婚式の司会として会場に立ちました。お腹がじくじくと痛みましたが、笑顔を崩さずに最後までやりきりました。

「よし、もう仕事をしても大丈夫だ。あの先生に出会えてよかった。私はやっぱり運が良いな～！」

そうして、いつもの生活に戻ってしまいました。

身体を労わることも食生活を改善することもなく、スケジュール帳を仕事の予定でぎっしりと埋めて走り続けてしまったのです。

2度目の警告、Oさんとの再会

神様は、本人が気づくまで何度も警告をする。

警告に気づかなければ、試練という形で警告を与える。

タイトルは忘れてしまいましたが、何かの本で、そのような言葉を目にしたことがあります。

胆嚢ポリープという警告に気づかなかった私に、1年半後、新たな警告がもたらされました。FM局でDJをされている、Oさんとの再会です。

Oさんとは、あるラジオ番組に筆跡診断士として出演したときに出会いました。私よりも10歳くらい年上で、とてもフレンドリーな方でした。そのときは連絡先の交換はしなかったのですが、数年後に偶然Oさんの連絡先を知り、私から電話をかけたのです。

数年ぶりだというのに、Oさんは私のことをよく覚えていてくれました。さらに、番組に出演させていただくことになり、当日は一緒にランチをすることになりました。

久しぶりにお会いしたOさんは、髪型が変わっていました。

「髪の毛、伸ばしたんですね。よく似合ってます」

すると、Ｏさんは苦笑いをして

「あとで話すね。まずはご飯を食べに行こう」

と、歩き出しました。

お店に入り、席に着いたＯさんが最初に口にしたのは――

「実は、がんになったの」

「え？」

「今、抗がん剤治療をしてて、髪の毛がないんだよ。だから、これはカツラなの」

あまりの衝撃に、自分がＯさんにどのような言葉をかけたのか、まったく覚えていません。ただ、病名や、病気について詳しく聞いてはいけないと感じて、踏み込んだ質問はしなかった気がします。

両親をがんで亡くしていた私にとって、「がん」は「死」とイコールでした。Ｏさんは抗がん剤の副作用に耐えながら必死に仕事をこなしていたというのに、向き合うことが恐ろしくて、心の中で壁をつくっていました。

ランチの後はそのままスタジオに入り、番組に出演させてもらって、Ｏさんと別れました。その後も何度かメールのやり取りをしましたが、病気のことにはまったく触れず、無難な話題ばかり選んでいました。

このとき「自分もがんになる可能性があるかもしれない」と考えることができれば、仕事のやり方や生活を見直していたでしょう。そのきっかけが与えられていたのに、気づくことができませんでした。

そうしてついに、試練が訪れたのです。

がん、かもしれない

2010年12月のある日、お腹にチクッと痛みを感じました。

「あれ、また膀胱炎になったかな？」

司会中はトイレに行けません。そのため私は膀胱炎を繰り返していましたが、病院に行って薬を飲めばすぐに治ると、軽く考えていました。

数日後、馴染みの泌尿器科を受診して、いつもの尿検査を受けました。

ところが、先生は検査結果を見て、首を傾げました。

「痛いんですか？」

「はい」

先生は再び首を傾げて、「うーん」となりました。

「検査では何も出てないので、膀胱炎ではありません。念のため、エコー（超音波）で調べてみましょう」

少し不安でしたが、気を取り直して寝台に横になりました。お腹にゼリー状のものを塗られて、先生は画面を見ながら機械を動かして——急に、その手がピタリと止まりました。

「見える……」

胸がざわっとなりました。見える、って、何が？

「今すぐ婦人科に行きなさい」

「え？　婦人科ですか？」

半年前、私は近所の小さな産婦人科で子宮頸がん検診を、その１カ月後には子宮体がんの検診も受けて、ともに「異常なし」の結果でした。ですから、何もありません。ないはずです。

現実感がないまま産婦人科に足を運び、事情を説明しました。先生は「前回の検診で問題なかったので、大丈夫だと思いますけど」と言いつつ、エコー検査をしてくれました。

「えっ、……見える」

泌尿器科の先生とまったく同じでした。画面を凝視して、動きを止めました。

「先生？」

声をかけると、いつもの穏やかな先生ではなく、顔は引きつり、慌てた様子で
「右の卵巣が、大きく腫れています。……でも、僕のせいじゃない。僕は悪くない！　前の検査のときは、本当に何もなかったんだよ！」

そんなことを、必死に訴えてきました。

先生のせい？　悪くない？　何が？　いや、そんなことよりも、

「私は、どうすればいいんですか？」

大声で叫びたい衝動をぐっと堪えて、尋ねました。

先生はハッと息を飲み、私とは目を合わせずに「大きな病院で診てもらってください。紹介状を書きますから」と言いました。

「……私、がんになったんですか？」

「まだ、わかりません」

感情のない答えでした。

混乱した頭のまま会計を済ませて紹介状を受け取り、外に出ました。すでに辺りは暗くなっており、冷たい空気に急に体温を奪われて、ぶるっと全身が震えました。

私が、がんになるわけがない。絶対に違う。そんなはずはない。

帰宅後、夕飯も食べずにパソコンの電源を入れて、震える手で「卵巣がん　症状」でインターネット検索をしました。

全てではなくとも、いくつかは該当しました。下腹の痛み　下痢、下腹の張り……。

それが、卵巣がんの症状だったということ……？

カチャリと金属音がして、「ただいま」という声が遠くに聞こえました。

私はふらりと廊下に出て、玄関で靴を脱いでいる夫におかえりなさいと声をかける前に、

「私、がんかもしれない」

真っ白な頭のまま、口にしていました。

夫は目を丸くして、「なにを馬鹿なことを……」と言いながら、家の中に入ってきました。

その後のことはよく覚えていませんが、医師から言われたことをすべて伝えたと思います。

「まだ、がんと決まったわけじゃないだろう」

そうかもしれない。がんじゃないかもしれない。

でも、先生は……検査では……

その日の夜は、相反する思考がずっと、頭の中をぐるぐると走り回っていました。

どの医師も、がんを否定してくれない

翌日、紹介状を書いてもらったK病院に向かい、広い待合室で何時間も待ちました。夫に付き添ってもらいたかったのですが、建設業という仕事柄、出張が多くスケジュールも厳しいため、無理は言えません。

名前を呼ばれて診察室に入ると、30代くらいの若い先生がいました。いくつかの質問に答えたあと、エコー検査が始まりました。

「手術でお腹を開けてみるまではわかりませんが、60、いや70%の確率で卵巣がんでしょう」

若い先生は画面を見たまま、あっさりと言いました。

「……卵巣がんだった場合、どうしたらいいですか？」

「手術が必要です。子宮、卵巣、リンパ節、大網などを全部摘出して、抗がん剤治療にな

ります。副作用で髪の毛が抜けるので、カツラみたいな……ウィッグでしたっけ？　あれを用意しておいてください」

先生は私の顔を見ずに、マニュアルを読み上げるような感情のない声で、すらすらと答えました。「抗がん剤治療」、「副作用」という言葉に、亡くなる前の母の姿が脳裏に浮かび、全身が泡立ちました。

「私、抗がん剤治療は受けません」

「受けないと死ぬかもしれませんよ？」

「無理です！」

「それで、いいんですか？」

「…………」

「とにかく、手術の予約と、そのための検査の予約を入れましょう。重症患者で手術の予定が埋まっているので、早くても手術は1月末になります。いま予約を入れなければ、手術がどんどん先になってしまいますよ」

「仕事の予定が、来年まで詰まっていて……」

「抗がん剤治療を始めたら、いつ復帰できるかわからないので、仕事の予定は全部キャンセルしてください」

その後、流れ作業のように骨盤造影やMRI検査の予約を入れて、翌年の2011年1月27日が手術予定日になりました。

気が付くと私は会計の待合室のベンチで、放心状態で座っていました。支払いをしたことは思い出せましたが、診察室からここまで移動した記憶がありません。

(――私は卵巣がんで、抗がん剤治療を受けなければ、死ぬ?)

到底、受け入れられませんでした。

3年前にすい臓がんで亡くなった母は、抗がん剤を投与された後、黄疸が出て、腹水がたまり、顔も足も異常なほどむくんでいきました。尿の量も減り、余命2カ月のはずが、みるみるうちに目を覆いたくなるような姿へと変わっていき、16日後に亡くなってしまったのです。

自分も、あんな風になるんだろうか。そんなのは、嫌だ。嫌だ嫌だ嫌だ――。

その恐怖に押し潰されまいとする本能からか、

「どうして、私ががんにならなきゃいけないの? 頑張って仕事をして、精一杯生きてきたのに。何も悪いことはしていないのに。世の中には悪いことをしている人がたくさんいるのに。どうして、私が……！」

という怒りが、ふつふつと湧いてきました。

一方、頭の隅で「お腹を開けてみるまでわからないと言っていた」、「まだ決まったわけじゃない」と、冷静に囁く自分もいました。

さまざまな感情の波が押し寄せたり引いたり、膨らんだり萎んだりを繰り返して、頭がおかしくなりそうでした。

その日の夜、夫に電話で報告しました。あまり覚えていませんが、夫は「まだ、がんと決まったわけじゃない」と、何度も繰り返し言ってくれたように思います。

がんの可能性が高いことに加えて、私の精神状態は明らかにおかしくなっていました。

さらに翌日、乳がん検診に通っている病院にも行きました。

「確かに卵巣が腫れていますが……ひとまず血液検査をして、様子を見ましょう」

その先生は、がんの可能性があると言いませんでした。ほっと胸を撫で下ろしましたが、

「卵巣がいっきに大きくなって、破裂することがあるかもしれません。急に下腹に激痛がはしったら救急車を呼んで、卵巣が破裂したと思う、と伝えてください」

「えっ……」

卵巣が破裂する？　激痛が走る？　そんな可能性があるのに、血液検査しかしてくれないの？

恐怖にかられた私は急いでK病院に戻り、年配の先生の診察を希望しました。その先生は、卵巣が必ず破裂するわけではない、医者は最悪の状況を想定して伝えるものだと説明してくれました。

患者の目を見て、優しく話してくれる先生でした。しかし「本当にがんだったとしても、抗がん剤は受けたくない」と言うと、

「抗がん剤しか道はありません。もっと前向きに考えてみましょう。たとえば、今までできなかった髪型のウィッグを揃えて、つけるのを楽しみにするのはどうですか？」

副作用がどのように出るのかは、個人差があるのでしょう。それは知っていましたが、「ウィッグを楽しむ」など、ありえない話でした。

私の恐怖や不安を理解して、命を助けてくれる医師は、どこにもいない。

私の人生は、ここで終わるのか……。

この頃から、睡眠導入剤を飲まなければ眠れなくなりました。寝ている間だけが唯一、

さまざまな感情から解放される「穏やかで幸せな時間」でした。

仕事もプライベートも白紙になった

どれほど混乱していても、気になるのは仕事のことでした。

翌年の3月まで、スケジュール帳には結婚式の司会の仕事が3件、筆跡診断の講演が6件入っていました。そのすべてをキャンセルし、他の司会者とお世話になっていた先輩の筆跡診断士に代理をお願いしました。

どれほど体調が悪くても、仕事を休んだりキャンセルしたことは、一度もありませんでした。筆跡診断という学問を世の中に広めたい、そして、実績と人脈を作るため、走り続けて来たのです。スケジュールが埋まることは、その努力が認められた証でした。

その証が、たった数日で真っ白になってしまいました。

プライベートの予定も、入らなくなりました。

毎年、１２月はさまざまな団体からクリスマスパーティーのお誘いをいただき、可能な限り参加して、楽しい夜を過ごしていました。ですが、その年は違いました。

「実は、卵巣に腫瘍ができて、手術をしなければいけないので……」

事情を話して欠席を伝えると、相手は言葉に詰まり、「お大事に……」という言葉を最後に、連絡が来なくなりました。

寂しくて落ち込み、悪いことばかり考えては泣き、涙が止まらないときもありました。このままでは心まで死んでしまうと思い、まだ返事をしていなかったクリスマスパーティーの主催者に「参加します」とメールを打ちました。

すると、「クリスマスは来年もあるから、無理しなくていいから」と、やんわりと断りの返事が届きました。おそらく、手術のことを誰かから聞いたのでしょう。まだがんと決まったわけではない、皆さんからパワーをいただきたいので参加させてください、と何度か伝えましたが、その後、返事はありませんでした。

ただ、ただショックでした。多くの知り合いや友人が、まるで波が引くように、す――っと離れていってしまったのです。

スケジュール帳に残ったのは、病院での検査の予定だけになりました。

支えてくれた人たち

多くの仕事と友人が去って行くなかで、残ったものもありました。愛犬の小太郎と、夫と、コミュニケーションを続けてくれた数名の友人たちです。

Ｏさんも、その一人でした。

卵巣がんの可能性があると言われて、胸のざわつきとともに「Ｏさんに会わなければ」という衝動が湧きました。会って話がしたいと伝えると、Ｏさんはすぐに日程を調整し、場所も決めてくれました。

当日、私は先にお店に到着して、落ち着かない心地で彼女を待ちました。Ｏさんがやってきて、席についてすぐ、尋ねました。

「Ｏさん、病名を聞いてもいいですか？」

私の様子がおかしいと感じたのでしょう。少し驚いた表情を見せながらも、落ち着いた声で「卵巣がんだよ」と、答えてくれました。

なぜかはわかりませんが、私は「やっぱり……」と感じました。

「……ごめんなさい」

胸が締め付けられて、涙が溢れました。

あのとき、Oさんはがんであることを告白してくれたのに、私はその気持ちをまったく理解しようとしなかった。目を背けた。それがどんなにひどいことだったか、やっとわかったのです。

泣いている私に、Oさんは明るい声で、

「他の病気のことはわからないけど、卵巣がんのことならアドバイスできるから。だから、大丈夫だよ」

と、優しい笑顔を見せてくれました。

その後も、Oさんは何度も電話をくれたり、一緒に出かけたりもしました。私にとって、お姉さんのような存在になりました。


お客様にも、支えていただきました。

司会業は事務所からキャンセルを伝えてもらいましたが、筆跡診断の講師の仕事は、自

Oさんと、須磨にて

分でお断りの連絡を入れました。

年明けに講演会のご依頼をいただいていたお客様に、病気になったこと、いつ仕事に復帰できるかわからないため代理を立てることをお伝えしました。すると、

「延期するから、退院したら連絡ちょうだい。代わりはいらないからな」

きっぱりと、言い切ってくださいました。どうしようもないほど嬉しくて、涙をこらえながら「ありがとうございます」とお伝えすることしかできませんでした。

また、別のお客様からは「来年の冬に講演をしてほしい。だいぶ先だけど、いまから予定を押さえておいてほしい」と言われました。

私は病気になったことを説明して、お受けできませんとお伝えしました。

お客様はしばらく沈黙したあと、

「事情はわかった。じゃあ、よろしく」

と、言いました。私は慌てて、

「待ってください！　無理です、1年後どころか1カ月先の自分がどうなっているかわからないんです。ですから、お受けできません」

すると、お客様の声が少し怒ったような、厳しい口調になりました。

「一年先に仕事が入っていると思ったら、頑張って生きようって、思えないか？」

はっとしました。次の瞬間、目頭が熱くなって、視界がぼやけました。

「……はい、ありがとうございます。来年、よろしくお願いします。頑張ります……！」

これまでの仕事を評価して、信じて待ってくれているお客様がいる。その存在に、どれほど励まされたかわかりません。


夫も、病気になる前と変わらないでいてくれました。友人や知り合いが離れていってしまい、私が落ち込んでいることを知って、

「もし本当にがんだったとしても、自分は今までと変わらずに接していこう」

と、密かに決意してくれていたそうです。私の気持ちが不安定で、理不尽に怒ったり責めたりしたこともありました。それでも以前と変わらない調子で話してくれたことに、とても救われました。


Oさんのようにがんを経験した人や、家族ががんになったことがある人、そして数名のお客様は、寄り添って支えてくれました。その人たちがいたから、私は独りきりではあり

ませんでした。誰かと会ったり、電話で話しているときは、笑っておしゃべりすることもできました。

けれど、独りになった瞬間、急に真っ暗な空間をどこまでも落ちていくような恐怖に襲われました。毎日ジェットコースターのように感情のアップダウンを繰り返し、うつ状態になったり、ハイになったり、寝ている時に呼吸ができなくなってパニック発作を起こしたりしました。情緒が安定せず、病気を受け入れる余裕などありませんでした。

１日遅れのクリスマスプレゼント〜丹羽先生との出会い

私には、２人の兄がいます。

両親と同じように、私もがんになったかもしれない。そんなことを伝えたら不安にさせてしまうと思いましたが、手術日も決まったので、早めに連絡をするべきだと考え直しました。

まず下の兄に電話をかけました。

卵巣がんの可能性があること。手術をすること。その2点を伝えると、兄は驚き、動揺しながらも詳細は聞かずに「まだ、がんと決まったわけじゃないんだな」、「何かあったら、いつでも電話してくれ」と、言ってくれました。いつもと変わらず冷静な受け答えで、いつも通りの〝頼れる兄〟でいてくれました。

次に、上の兄に電話をしました。同じ説明をすると、やはりショックを受けた様子で、病状について詳しく質問をしてきました。

上の兄は、病気になっても病院には行かず、食事やサプリメントなど東洋医学の知識に基づいた療法を取り入れる人でした。私も兄に勧められて、何度か東洋医学の講演会に参加したことがありました。

「丹羽耕三先生なら、お前を助けてくれるかもしれない」

それは、兄が飲んでいるサプリメントを開発した先生の名前でした。

「がん患者や、難病の人たちを救ったという話を聞いたことがある。今から言う電話番号に、すぐにかけてみろ」

「わ、わかった、ちょっと待って」

頼りになる兄たち（左・上の兄　右・下の兄）

兄との通話を切ったときには、心臓がドキドキと早鐘を打っていました。

サプリメントの会社に電話をかけると、丹羽先生は高知県の土佐清水市にある病院の、院長先生であることがわかりました。１２月２６日に新大阪の診療所で先生の診察を受けることができると知り、さっそく電話で予約を取って夫に報告すると、ちょうど日曜日で仕事が休みのため、同行してくれることになりました。

２６日を迎えるまでの数日の間に、病院のホームページや著書で、丹羽先生のことを調べてみました。

西洋医学の医師だったが、息子さんが白血病になり、化学療法（抗がん剤治療）の副作用によって苦しみながら亡くなったため、抗がん剤に代わる治療の研究を開始。自由診療で土佐の病院以外にも全国に数カ所の診療所があり、末期で手に負えないと見放された患者や、抗がん剤を拒否して医師の治療を受けられなくなった患者が、一縷の望みを抱いて自分の診療データ（レントゲン画像や検査結果など）を持参して集まっている、等々。

「抗がん剤を拒否した患者を診てくれる先生……それなら、私のことも助けてくれるかもしれない……！」

診療日まで、一日千秋の思いで過ごしました。

12月26日。夫と一緒に新大阪の診療所に行きました。

びっくりしました。予想していた〝診療所〟とは全く違い、ビルの10階にある会議室のような部屋でした。待合室と診察室はカーテンで仕切られているだけで、先生と患者さんの会話は筒抜けでした。

一番驚いたのは、カーテンの向こうから聞こえる先生の声です。大きな迫力ある声で、ガミガミと患者さんを叱っていました。ただし、不思議と怖くはありませんでした。患者さんの命を第一に考えているからこそ、容赦なく叱りつけているのだとわかりました。

(まるで、昭和の頑固オヤジみたいな人だな)

そう思うと、少しおかしくなりました。

順番が来てカーテンの内側に入ると、丹羽先生はしかめっ面で、けれどまっすぐに私の目を見てくれました。エコー検査の画像を渡したときも、問診を受けている最中も、じっとこちらを見ていてくれました。

「わしは婦人科の専門ではないが、卵巣がんは一定期間、一定量を投与するなら効果があると、わしは思う」

「先生、私には無理です。本当に、抗がん剤は無理です、嫌なんです」

　丹羽先生は他の医師とは違う。そんな気持ちがあったからでしょう。このとき初めて、抗がん剤を投与したくないもうひとつの理由を伝えました。

「私は、子どもがほしいんです。不妊治療を１０回くらいやりました。それでもダメだったので、一度は諦めました。でも、やっぱり諦めきれません。抗がん剤治療を受けたら、今度こそ妊娠できなくなってしまいます。もう無理かもしれなくても、少しでも可能性を残したいんです！」

「バカモノ!!」と、先生が叫びました。

「恵まれるかどうかわからない子どもよりも、今は自分の命のほうが大事だろう！」

　確かにその通りです。でも、頭で納得しても、心がついていかないのです。愛ある叱りつけだとわかっていても、その迫力に身がすくみ、涙が滲みました。

　俯いて黙り込んだ私に、先生は深いため息をつきました。

「土佐の病院に、婦人科の専門医がいる。その先生が手術をしろといったら、必ず手術しなさい」

　そして、

「土佐は海がきれいだ。食い物もうまい。気分転換をしてきなさい」

と、労わりの言葉をかけてくださいました。私と夫はお礼を言って、先生が開発したサプリメントと漢方を購入し、診察室を出ました。

がんの可能性は変わらず、抗がん剤以外の治療法を提示されたわけでもありません。それでも、いまの自分と正面から向き合ってくれる先生と出会えたことで、心の底に溜まっていた淀みが、少し軽くなったのを感じました。

ビルを出て「すごかったね」、「思いっきり怒鳴られたね」と、夫と笑い合って歩き出しました。

街は、年末に向けて慌ただしく衣替えをしていました。サンタクロースの飾りや人形は姿を消していましたが、私はなんとなく、神様からプレゼントをもらったような気がしました。

帰宅してすぐ、K病院に電話をかけました。予定していたすべての検査と治療、手術をキャンセルしました。続けて土佐清水市の病院に電話をかけて、年明けの1月9日に産婦人科の診察予約を入れました。検査には2～3日かかる、入院も可能と言われましたが、夫に頼んで病院近くの宿をとってもらいました。

「夫婦でやっている民宿らしいんだけど、電話をかけたらすごく温かい対応をしてくれた。ここにしよう」

２０１０年の暮れ、土佐へ行くための準備をしながらの年越しになりました。

願いが叶う星、カノープス

その民宿は、海のそばの静かな住宅街の中にありました。建物内はどこもキレイで清潔感があり、２階のお部屋は広い和室で、隅々まできれいに整えられていました。窓を開けると磯の香りがして、初めて来た場所なのにどこか懐かしいような、安心できる空間でした。

夕食は、新鮮な魚を使った家庭的なお料理が提供されました。どれもおいしく、ご主人や奥様との会話を楽しみながら、不安も疲れも忘れてぱくぱくと食べてしまいました。

宿泊客は、釣りを目的に来る人が多いようです。そのため、真冬に、何の道具も持たずに訪れた私たち夫婦は、お二人にとって珍しい客だったのでしょう。

「こんな時期に、何をしに土佐に来られたんですか？」

おもてなしで心がほぐれていた私は、素直に答えました。

「実は、がんの可能性があると医者に言われまして。それで、こちらの病院で検査を受けるために来ました」

言ってから、しまったと思いました。がん患者が泊まるなんて、変に気を遣わせてしまうのではないか、と。

お二人は一瞬だけ目を見開きました。けれど、すぐに笑顔に戻り、

「そうでしたか……どうぞ、今夜はゆっくりお過ごしくださいね」

と、言ってくださいました。そのあとも踏み込んだ質問はせず、変に距離を離すこともなく、そっと寄り添ってくださいました。


翌朝の午前9時。病院に着くと、簡単な問診の後に検査が始まりました。

2〜3日かかると聞いていましたが、結論は、2時間もかからずに出ました。

「卵巣の形状から、がんの可能性が高い。すぐに大阪に戻って手術をしてください。早くしなければ命にかかわります」

いくつかの検査画像を見て「危険」と判断した先生が、私と夫にハッキリと告げました。

予定していた残りの検査はすべてキャンセルし、手術を最優先に、と。

「――そう、ですか」

このときまで、私は「がんかもしれない」、「がんだったとしても、抗がん剤治療は嫌だ」と抵抗していました。

つまるところ「自分はがんになった」とは、まだ認めていなかったのです。がんではないと言ってくれる先生がどこかにいるはずだと、逃げ続けていました。けれど、ここが限界でした。私は丹羽先生を信じました。紹介してもらった専門医を信じて土佐まで来て、この結果でした。

（もう、逃げ道はない。認めるしかない）

ぐちゃぐちゃになりながらも走り続けていた心が、ぴたりと止まりました。どこかに続いていると信じていた道は失われ、凪いだ気持ちで受け入れました。

自分は、卵巣がんなのだ。この人生はもうすぐ終わるのだ、と。

民宿に戻ると、玄関にいた奥様が「あれ？　ずいぶん早かったんですね」と、驚いた声をあげました。

「はい。……すみませんが、大阪に戻らなければいけなくなりました。予定を変更して、明日帰ります。結果は、もう出ましたので」

事実を伝えるだけで、奥様はかすかに息を飲んで、察してくれました。笑顔のまま「わかりました」と、結果だけを受け止めてくださいました。

その気遣いに感謝しながら2階の部屋に戻ろうとしたとき、ご主人から声をかけられました。

「今夜、お二人をお連れしたい場所があるのですが、大丈夫ですか？」

「え？　ええ、とくに予定はないので、大丈夫です」

「よかった。では、夜の7時くらいに玄関で待ち合わせをしましょう。寒いので、しっかりと着込んで来てくださいね」

日が沈むまで何をしていたのかは、あまり覚えていません。言われたとおりに7時に玄関へ降りていくと、車のキーを持ったご主人がいました。「それでは行きましょう」と言って、駐車場に向かいました。

こんな夜にどこへ？　と不思議に思いましたが、何となく尋ねる気にはならず、夫と一緒にご主人の車に乗り込みました。

街灯はほとんどなく、窓の外は何も見えませんでした。穏やかな静寂とゆるやかな振動に包まれて、20分ほど走ったと思います。行き先は足摺岬のほうだ、とだけわかりました。

車を停めると、ご主人は懐中電灯を手に取り、ドアを開けてくれました。

「ここから少し歩きます。足元、気をつけてくださいね」

ザッパーン、ザバーン……

外に出ると、波が激しく岸壁にぶつかって砕ける音が聞こえました。懐中電灯の明かりをたよりに進むと、開けた場所に出ました。

「ここです。少し待っていてくださいね」

頭上では無数の星が瞬いていて、目の前には黒々とした海原がどこまでも広がっていました。押し寄せては砕ける力強い波の音の向こう、ずっと遠くには、ゴオオオオ……と、低く唸るような風の音が響いていました。

圧倒されて言葉を失っていると、「あっ」と、ご主人が嬉しそうな声をあげました。

「見えてきました、あの星です」

そう言って懐中電灯で、ある方向を指し示しました。

水平線の少し上に、明るい星がひとつ、のぼってくるのが見えました。

「あれは、カノープス。願いが叶うといわれている星です。条件が揃った時しか見れないのですが、今日は絶対に見えると思いました」

ご主人は懐中電灯を地面に置き、その星に向かって両手を合わせて、目を瞑りました。

「奥さんの病気が、なおりますように」

「――――――――、」

このときの気持ちを、どう表現したらいいのか、今もわかりません。

どうしたらいいのかわからなくなって、私も夫も、ご主人の真似をして手を合わせて、カノープスに向かって祈りました。

ちらりとご主人のほうを見ると、静かに、けれど懸命に、祈り続けてくれていました。

(どうして……?)

昨日初めて会った、赤の他人です。私がご主人のことを少ししか知らないように、ご主人も私たちのことをほとんど知らないはずです。それなのに、ここまで連れて来てくれて、カノープスを見せてくれて、私のために祈ってくれている。

（どうして……、なんで……？）

どうしてこの人は、こんなにも他人に優しくできるんだろう。

なんで私は、自分のことしか考えてこなかったんだろう。

嬉しくて、情けなくて、閉じた瞼から涙がぼろぼろとこぼれ落ちていきました。

がんになる前の私は、人脈を広げて、お金を稼ぐことしか頭にありませんでした。安定してお金を稼げるようになれば、人生は安泰だと信じていたのです。

がんになって仕事ができなくなり、友人が離れていってしまったときも、自分のことばかりでした。不安で怖くて寂しくて、どうしてわかってくれないのだと憤っていました。

そんな私のために、祈ってくれる人がいる。病気が治って、これからも生きていけるようにと、願ってくれている。

恥ずかしくて、申し訳なくて、――心の底から「生きたい」と、思いました。

お金も人脈も、もういらない。少しでも長く生きたい。生きて、いまもらった優しさを、誰かに返していきたい。

そうしよう、絶対にそうしようと、泣きじゃくりながら決めました。

カノープスは、本来は南半球でしか見えない星です。北半球に位置する日本では限られた場所で、一定の条件が整わなければ観測できないため、目にすることができたら「幸せになれる」、「長生きできる」と言われているようです。

願いが叶う星。

あの夜、姿を見せてくれたカノープスは、私の「生きたい」という本当の願いを、前に進むための道を、確かに照らしてくれました。

そして、叶えてくれました。

いま自分が生きているのは、あのときの、ご主人と、夫と、私の願いに、カノープスが応えてくれたから。私は、そう信じています。

がんのみ摘出し、臓器は温存する

大阪に戻った後、私は丹羽先生のツテで、卵巣がん手術の名医であるT先生と出会いました。兵庫県西宮市にあるM病院の、産婦人科の勤務医です。

これまでの経緯と、手術を受けたいこと。がんだとわかっても抗がん剤治療は受けないことを伝えると、T先生は難しい顔で言いました。

「抗がん剤治療をしなければ、手術をしても半年から1年以内に再発、転移する可能性が高くなります。いつまで生きられるか、わかりませんよ」

がんを受け入れて、手術をして、少しでも長く生きる。その決心は固まっていましたが、長く生きることと、抗がん剤治療を受けることは、私の中では結びつきませんでした。

また、他の先生と同じように「手術では転移しやすい他の臓器も取り去る」ことを勧められました。けれど、がんが転移していない臓器は摘出せず残してほしいと伝えました。

さまざまな検査と説明を受けて、手術は2月7日に決定。夫はその日も仕事でしたが、時間を調整して立ち会ってくれることになりました。

手術の前日の夜、私は夫にお願いをしました。

「先生から、他の臓器も摘出するかと訊かれたら、がんになっていない臓器は温存すると答えてほしい」

「りるは、本当にそれでいいのか」

「うん。転移していたら仕方ないけど、そうじゃなかったら……。子どものこと、もう叶わないとしても、その願いまで無くしてしまいたくない」

夫は「わかった」と頷いてくれました。

2月7日の午前9時5分、手術が始まりました。2時間半かかったそうです。目が覚めると、そばに夫がいました。

「どうだった……?」

夫は俯いたまま、沈んだ声で「やっぱり卵巣がんだった」と言いました。手術の途中で、T先生は夫に、取り出した卵巣を膿盆にのせて見せたそうです。

「拳大くらいに腫れてて、白く変色していた。素人が見てもがんだとわかった」

そして先生から「いまなら、転移の危険がある他の臓器も摘出することができる」と言われたそうです。

「目視で確認できる範囲では、他の臓器には転移していなかったらしい。卵巣と、転移の可能性が高い大網だけ切除して、他の臓器はきれいに洗浄してお腹を閉じる。本当にそれでいいのかと訊かれた。ほとんどの手術では、安全のために他の臓器を全摘するのだと」

「うん」

「悪いところが全部取れたのなら、閉じてください、とお願いしたよ」

「ありがとう」

「じゃあ、仕事に行ってくる」

「いってらっしゃい」

あとから聞いた話ですが、夫はこの日、どうやって仕事場にたどり着いたのか覚えていないそうです。

仕事を休めないことを恨んだ。でも仕事に集中した。そうしなければ、来月にはりるが生きていないかもしれない、目の前からいなくなるかもしれないという恐怖に襲われてしまうから。だから無心になって仕事に没頭した——とのことでした。

手術の翌日、先生が病室に来て「もう一度手術をしましょう」と言いました。

「がんに侵されていた卵巣は、昨日取り去りました。周辺の臓器も、見た目は異常ありませんでした。けれど、見えない部分にがんが潜んでいる可能性は十分にあります。生きるためには、温存した他の臓器も摘出して、抗がん剤治療をするべきです」

私の命が助かることを第一に考えて言ってくださっていることは、十分に伝わりました。患者さんの病気を治して命を繋いでいくことが、医師の仕事だということも十分に理解していました。

それでも、私はその提案を拒否しました。

「再手術も、抗がん剤治療も、受けません」

先生は残念そうに肩を落として、病室を出て行きました。一緒にいた看護師長さんはそれを見送った後、ベッドのそばに来て「大丈夫？」と声をかけてくれました。

「泣きたいときは、がまんせずに泣いていいのよ」

そばにいた若い看護師さんも、

「りるもさんは明るくて前向きだから、きっと乗り越えられます。どんな治療を選択しても、応援します」

そう言ってくれました。

主治医の治療提案を断る。それは一般人の私にとって、勇気がいることでした。その不安を汲み取ってもらえたこと、応援してもらえたことが嬉しくて、とても励まされました。

子宮やリンパ節を残してくれたおかげで、私の身体はホルモンバランスを大きく崩すこともなく、今も元気に過ごすことができています。夫とT先生、看護師さんたちには、感謝してもしきれません。

入院中に寄り添ってくれたYさんと、運命の本

がんになっても私のそばに残ってくれた人たちは、私が第二の人生を歩んでいくうえで、たくさんの大切な〝気づき〟をくれました。

手術の前日、筆跡診断士のＹさんから電話がありました。

「りるもさん、あした手術よね。手術の翌日に、お見舞いに行くね」

「え、……すみません、手術の翌日はたぶん動けないので」

Ｙさんは京都にお住いの方です。わざわざ兵庫県まで来ていただくのに、私が動けない状態では何もできません。

「当たり前じゃない。だから私が行くんでしょう？」

「え？」

「りるもさんは、お父様とお母様を早くに亡くしていたわよね。あと、きょうだいはお兄さんが２人だったわね。だから何も気にしないで、私をお母さんと思って甘えていいのよ」

「……いいんですか？」

「ええ。じゃあ、明後日行くね」

わざわざお見舞いに来てくれる人に、動かなくていい、母のように甘えていい……そんなことを言ってもらえるなんて、思ってもみませんでした。

手術の翌日、Yさんは「こんにちは！」という明るい声とともに来てくれました。そして荷物を置くなり、いそいそとエプロンを身につけました。

「洗濯物はどこ？　あと、この病院、洗濯機はどこにあるの？」

「ええっ？　い、いいですよ、そんなこと！」

「なに言っているの、私はそのために来たのよ」

入院中の私の洗濯物は、週末に夫が持って帰って、家で洗濯してくれる予定でした。けれど、Yさんは私の洗濯物を病院の洗濯機で洗って、カバンから洗濯ロープとハンガーを取り出して、「一人部屋で良かった」と言いながら干してくれました。

他にも果物の皮を剥いてくれたり、残ったぶんをラップで包んでくれたり……面会時間が終わるまで、まるで家族のように、身の回りの世話をしてくれました。

「どうして、ここまでしてくれるんですか」

翌日も来てくれたＹさんに、私は尋ねました。

「私の妹はね、がんで亡くなったの。そのとき、私は何もしてあげられなかった。ずっと後悔していて……だからね、りるもさんに何かしてあげたいの。私がやりたくてやってるだけだから、気にしないで」

私はすっかり、Ｙさんを母や姉のように感じて、甘えることにも慣れてしまっていました。だからなのでしょう。

「私、抗がん剤治療を拒否したんです。……どう思いますか？」

Ｙさんの妹さんがどのような治療を受けて、どんな最期を迎えたのかわからないのに、訊いてしまいました。

「それは、あなたが決めることよ。けれど、この本がいい参考になると思うわ」

差し出された本のタイトルは『病気は自分で治す――免疫学１０１の処方箋』。

退院後、Ｙさんと京都で食事

どきり、と心臓が跳ねました。病気を、自分で治す？　免疫学？

「私は、もし自分ががんになったら、抗がん剤治療は受けない。けれど、りるもさんのことは、りるもさん自身が決めたらいいわ」

Ｙさんはその後も、夫が来る週末以外、毎日お見舞いに来てくれました。私はＹさんのご厚意に甘えながら、渡された本を何度も、繰り返し読んでいました。

自分の生き方を、自分で決める

Ｙさんがくれた『病気は自分で治す』を読んで、私は初めて「免疫力」という言葉を知りました。２０１１年当時は、その言葉が使われることはほとんどありませんでした。

「病気になる原因は、免疫力の低下である。免疫力が高ければ、病気になっても治りが早い……そうだったのか！」

また、体温に関する記述にも、驚きました。

「健康な体を維持するために最適な体温は……３６度５分？　そんなに高いの？」

私の平熱は、３５度台でした。３６度以下は低体温で免疫力が下がる。血流が悪くなり、ウイルスや細菌に負けて病気を発症しやすくなる、とありました。体温が１度上がると、免疫力は２０～３０％も高くなるそうです。

確かに、私はよく風邪をひいていました。また、一度風邪をひくと、なかなか治りませんでした。体温が原因とは思ってもみませんでした。

それでは、どうすれば体温が上がるのか――それは、食事でした。

身体は、食べたものから作られます。ただし、身体に悪いものをたくさん食べても直ちに病気になるわけではなく、その影響は１５年後くらいに現れるそうです。がんになる１５年前といえば、松本市で一人暮らしをしていた時期です。その頃はスーパーで濃い味のお惣菜を買ったり、外食したりして、乱れた食生活を続けていました。間食でかなりの量のお菓子も食べていましたし、お酒も多量に飲んでいました。健康に気を使った食事など、したことがありませんでした。

「食生活を改善して体温を上げれば、免疫力が上がる。がんが再発しない身体、病気にならない身体を作ることができて、私も生きていけるかもしれない……！」

抗がん剤治療を受けなければ、死ぬ。そう言われ続けた私にとって、その知識は大きな希望でした。

繰り返し読むうちに、少しずつ、退院後の生活を思い描けるようになっていきました。

これからどのように生きていくべきか、思いを巡らせていきました。

どのような治療を、生活を選んでも、きっと「正解」はない。いつまで生きられるかは、おそらく神様にしかわからない。

それでも、確実に言えることが一つだけありました。

「今までと同じ生き方をしていたら、自分は死ぬ」ということです。

がんになったのは、司会業と筆跡診断の講師という二足のわらじを履いて走り続けた結果でした。生活のために仕事は続けなければいけませんが、1日でも長く生きたいなら、生き方を変えなければいけない。それは絶対条件でした。

どちらかひとつを選んで、無理のない範囲で勤めるとしたら……。

「司会はもう、やりつくした」

20代からラジオやイベント、結婚式などの司会を務めてきました。20年以上キャリアを積み、結婚式は約800組、叙勲パーティーやイベントを含めると、数千回はこなしてきたはずです。もう引退して、若い人に道を譲ってもいい頃合いでした。

「これから死ぬまでの間は筆跡診断士として、自分にしか残せないものを残していこう」

筆跡診断士の仕事のみで食べていけるのかどうかは、わかりませんでした。それでも、違う生き方を選ぶことで、今までとは異なる何かが起こる。そんな予感があったのです。

退院の２日前、病理検査の結果が出ました。

ステージはⅠ期。がんが卵巣あるいは卵管にとどまっている状態ですが、そのⅠ期の中で最も進行した「Ｃ３」でした。

この検査結果を伝えた後、先生は再び抗がん剤治療を勧めてきました。

けれど、自分がこれからどのように生きていくか、その決意は固まっていました。

「私は、抗がん剤治療は受けません。でも、この後の定期検診は、どうか受けさせてください」

頭を下げてお願いをすると、先生は意外そうに目を丸くしました。

「先生の治療を拒否しておいて、検査だけ受けたいというのは、わがままだと思っています。ですが、私は自分があとどれだけ生きられるのか、それを把握した上で、やるべきことをやっていきたいんです。どうかお願いします」

当時、医師のいうことを聞かない患者は「もう私の患者ではない。二度と来るな」と、それ以降の関わりを断たれることが普通でした。私は、T先生に見放されて当然の患者でした。

けれど、T先生は私のわがままを許してくれました。すばらしい先生に出会えたことを、改めて感謝しました。

原因不明の痛みと、東日本大震災

抗がん剤治療を受けないと決めたことで、T先生に何度も言われた通り、私は転移や再発の可能性が高くなるというリスクを背負って生きることになりました。

自分で選んだ道だとしても、その恐怖が薄れるわけではありません。

精神的ストレスからか、退院して間もなく、身体のあちこちに痛みを感じるようになりました。誰かと一緒にいるとき、話しているときは大丈夫なのですが、一人になった途端に堪え難い痛みに襲われるのです。

原因がわからない痛みを感じると、どうしても「がんが転移したのでは？」、「もう再発したのでは？」と、考えてしまいます。一度その恐怖に襲われると、夜になっても胸がざわざわして眠れません。不安と恐怖、睡眠不足で精神が不安定になり、「こんなに怖い思いをするくらいなら、手術のとき、全身麻酔から醒めなければよかった」

そんなふうに考えてしまったことも、一度や二度ではありませんでした。

そんな中、退院してから1カ月も経たないうちに――東日本大震災が、起こりました。

テレビもラジオも、あっという間に報道特番一色になりました。とくにテレビは、どの局も津波の映像を繰り返し放送するようになりました。

多くの人々の命が、なすすべもなく飲み込まれていく光景。大切な人を喪って嘆き悲しむ被災者の方たちの姿と声。そのような情報ばかりを受け取ってしまい、息が苦しくなりました。

「がんになった私が生きているのに、どうしてあんなに大勢の人たちが死ななければいけないの？　私は何のために生きているの……？」

被災地に行って、何でもいいから力になりたい。けれど、身体が痛くて、思うように動けない。

無力な自分が歯がゆくて、申し訳なくて、泣きながらテレビを見ていると、友人たちから連絡が入りました。

「大丈夫？　震災のニュースばかり見て、また落ち込んでない？」

がんを経験した人たち、家族ががんになった経験がある人たちは、がん患者がいつ、どのような状況で気持ちが沈んでしまうのかを本当によく理解していて、いつも手を差し伸べてくれたのです。

生き方を変えた、動き出した

何かを手放して違う生き方を選べば、今までとは異なる何かが起こる。

その予感は当たりました。

退院して数カ月後に、京都のお客様から筆跡診断の講演依頼がきました。経営者の会の定例会で行われる卓話で、時間は３０分程度。

それまで私が行っていた講演は、９０分～2時間、短くても６０分間でした。半分くらいの時間なら、復帰後初の仕事としては、ちょうど良いかもしれない。夫に相談した上で

東日本大震災が起きて間もなく、心配して訪問してくれた、司会事務所の上司の杉本さんと

受けることにしました。

当日、久しぶりにパンプスを履き、重い資料をカバンに詰めて、会場に向かいました。手術の傷が治り切っていなかったため、痛みがありましたし、講演前は「大丈夫かな、ちゃんとやれるかな」と、心配でした。

ところが――始まってみると、あまりに楽しくて、あっという間でした。

「マイクを持って話すって、こんなに楽しいことだったんだ……！」

私が楽しく話せば、お客様も楽しんでくれる。これまでもそういう経験はありましたが、この日は格別でした。３０分間では短すぎる、もっと話したいと強く思い――その思いに気づいたとき、鼻の奥がツンと熱くなって、急いでトイレに駆け込みました。

そして、誰にも見えない場所で大泣きしました。

「私、もう一度仕事ができるんだ……！　筆跡診断士として生きていくことを選んだのは、間違いじゃなかったんだ……！」

もっと講演をしたいという願いに応えるかのように、その後、筆跡診断の講演依頼がどんどん入ってきました。営業活動はしていないし、講演のやり方も変えていません。それなのに、以前よりもはるかに多くの依頼が舞い込むようになりました。病気の不安を感じる暇もないほど、筆跡診断の講師として充実した日々を送るようになったのです。

がんの体験談を伝える講演会を企画・開催

人前でマイクを持って話す仕事ができる。その手応えを感じた私は、生まれて初めて講演会の「企画書」を作りました。手術から8カ月後のことです。

タイトルは『セカンドステージ　がんと向き合い、始まった人生』。

がんと診断され、手術を受けて、抗がん剤に頼らない治療法を実践してきたこと。病気と向き合うことで見えてきた新しい人生や、思い。実践してきた食事療法や体調管理の方法など、自分の体験談をお伝えする内容です。会費の一部（会場に支払った後の収益分）は国境なき医師団に寄付すると決めました。

外出するときは常に企画書をカバンに忍ばせて持ち歩き、開催できそうな場所を探しました。そして、筆跡診断の講演の打ち合わせのためにエコールドロイヤル（リーガロイヤルホテル大阪の会員制文化教室）に赴いた日――会場の担当者とひととおり話を終えた後、思い切って自分ががんになったことをお伝えして、企画書を提出しました。

「この内容で講演会をやりたいので、会場を貸してください。参加者はこちらで集めますし、準備もすべて自分でやります！」

内容が「がん」という重いテーマで、主催者はがん患者という個人。その場では「検討しますので、少しお待ちください」と保留にされましたが、後日、許可がおりました。

開催日は、２０１２年２月１７日。

早速、ＳＮＳ等で開催を伝え、受付を開始しました。

当日、４８名の方々が集まってくれました。

ずっと話す仕事をしてきましたが、自分の体験を語るのは初めてでした。緊張していたせいか、何を話したのか、あまり覚えていません。それでも講演の後、たくさんの感想と励ましのお言葉をいただくことができました。自分ががんになったとき「知りたい」と思ったことを、少しでも伝えることができたような気がして、とても嬉しかったです。

その後、お客様からご要望をいただき、一部に筆跡診断、二部にがん体験という、二部構成で講演を行っていきました。

1年間、生きることができたご褒美に

手術を受けた2011年の、年末。転移も再発も起きなかった私は、夫と二人だけで忘年会をしました。

その時の会話は、今も鮮明に覚えています。手術後はお酒を断っていましたが、「乾杯だけ」と、久々にグラスを合わせました。

「私、今日まで生きていると思った?」

私が尋ねると、夫は

「思わなかった」

と、正直に答えてくれました。

「そうだよね、私も思わなかった。でも、今年一年、無事に過ごせたね」

がんの宣告をうけたとき、「いつまで生きていられるんだろう」と、先が見えなくなりました。抗がん剤治療を受けないと決めた後も「明日、がんが再発するかもしれない」という不安から逃れられず、原因不明の痛みに苛まれ続けました。それでも。

生きて、夫と一緒に年を越すことができる。

それは私にとって、最大の幸福でした。

「私、生きてるよね！」

嬉しくて、あたたかい涙に頬を濡らしながら飲んだお酒は、世界で一番おいしい味がしました。

そうして無事に新年を迎えたある日、夫にお願いをしました。

「これから1年に1回、自分へのご褒美をあげたいんだけど、いいかな？」

「ご褒美？　どんな？」

「1年頑張って生きられたら、大好きな海を見るための〝ひとり旅〟に行かせてほしい」

断られるかもしれない、と思いました。身体の痛みは相変わらず続いていましたし、再発の危険性は依然として高いままです。

けれど、夫は少し考えた後、

「いいよ、癒されに行っておいで」

と、言ってくれました。

その言葉を聞いた途端、踊りだしたくなるほどワクワクした気持ちになりました。

1年頑張ったら、海に行ける。その次の1年も頑張れば、また違う海に行ける。それが生きる目標になりました。

その年は、沖縄に行きました。どんな旅をしたかは次章で詳しくお話ししますが、満天の星に驚いたり、空気が澄んでいることを実感できたり……今まで知らなかった感覚と、感動の連続でした。こんなに贅沢で幸せな時間がこの世界に存在していたこと、それを享受できるようになったことが、とても嬉しかったのです。

がんになって生き方を変えたおかげで、私はこの幸福と出会うことができました。病気になることは、失うことばかりではない。新しい幸せを見つけるチャンスでもあるのだと、改めて感じました。

第２章　がんが教えてくれたこと

がんと闘わず、ともに生きる

「りるもさんは、がんと闘っているんですよね！」

私が卵巣がんになったことを知る人から、そのように言われることがあります。そのたびに、次のように返しています。

「いいえ、自分の細胞とは闘いません。私はがんと向き合って生きています」

がん細胞は、もとは自分の細胞です。

生物の身体は常に細胞分裂を繰り返しており、何かのきっかけで異常な細胞が生まれてしまうことがあるそうです。そのため、異常細胞が増えないように抑える仕組み――免疫機構が、私たちの身体には備わっています。

ところが、この免疫力が正しく働くためには、心と身体の健康が必須です。不健康な生活を続けていれば免疫力が低下し、異常細胞は増殖してがんになってしまいます。

誰の身体の中にもがん細胞は存在していて、病気が発症するかしないかの違いは、本人が健康に気をつけているかどうかに依るのだ、というのが、今の私の考えです。

私ががんになったのは、自分の責任です。不健康な生活をしていたせいで、免疫の正しい働きを壊してしまったのです。

そのため私は、身体の中にいるがん細胞と向き合いながら、生きていきたいと思っています。闘ったり、打ち勝ったりするのではなく、この身体に備わっている免疫力を正しく発揮させて、がん細胞を活性化させずに上手に付き合っていくつもりです。

自分に合う食事療法の選び方

退院後、私は東洋医学や免疫を専門とする、４人の先生の本を入手しました。その本を選んだ理由は、主に次の３点です。

・タイトルに惹かれた
・免疫力を上げる料理の作り方が載っていた
・カラーの図が入っていて、ぱっと見てすぐに内容がわかった

読んでみると、同じ食材でも４人の先生の主張がバラバラだったり、一部共通していたりしました。調べれば調べるほど情報が増えていき、「どれを信じたらいいの？」、「何が効いて、何が効かないの？」と、最初は混乱しました。そこで、ルールを設けることにしました。まず試したのは、次の条件を満たしている食材や方法です。

①４人の先生のうち、２人以上が勧める食材や方法
②簡単に取り組めるもの
③継続できるもの

②と③については、ある程度入手しやすい食材であり、調理に手間がかからないこと、値段が高すぎないこと、などが含まれます。

どの先生を信じるかではなく、「簡単に取り組めて、続けられそうで、お金があまりかからない方法」を、4人の先生の本の中から選んで、試しました。

何が効くのか、効かないのかは、人によって違います。そのため、一定期間食べた後、どれくらい体温が上がったかを確認しました。「いまいちだな」と感じたらやめましたし、効果を実感できるものはそのまま続けたり、より自分に合うようにアレンジしていきました。

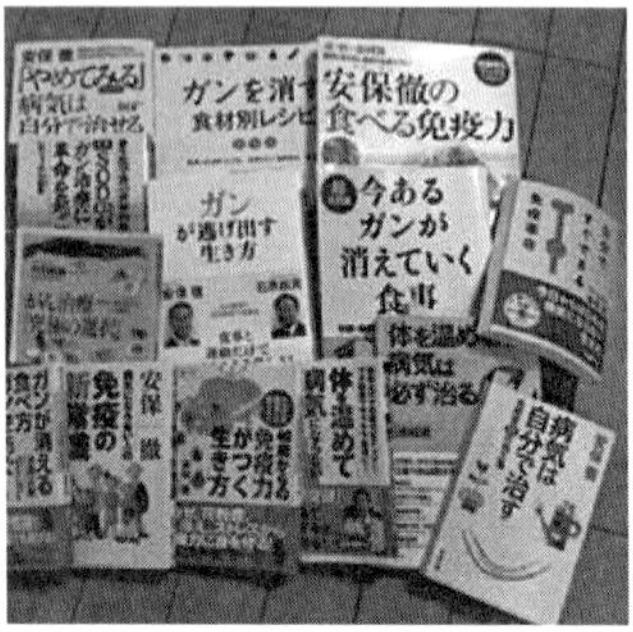

参考にした本（詳細は142ページ参照）

病気になる前は、外食の多い日々を送っていました。それなのに毎日、家でご飯を炊いて、野菜中心のおかずを作って……と、食生活をガラッと変えたのです。

当然、すぐに音をあげました。

「あぁ〜〜〜！　もう、こんな生活は嫌だ！　無理！」

それでも続けられたのは「体温が上がった」という結果が目の前にあったからです。

体温が上がれば免疫力も上がり、がん細胞を抑えられます。「これを続ければ、自分は生きていける」という確信があったので、途中でやめることはありませんでした。

とはいえ、頑張りすぎてはストレスがたまり、それもまた、免疫力を下げることになります。そのため外食も少しずつ再開し、その時は好きなものを食べました。いまは「好きなものを好きなだけ食べる日」や「無礼講デー」なども設けています。

免疫力を上げる食材と、その効果

これまで、免疫力を上げるための食材を調べて、日々の食事に取り入れていきました。その一部を紹介します。

ただし「これを食べれば大丈夫」と言うつもりはありません。あくまで私の身体と生活に合ったものであり、読者の皆様にも合うとは限りません。ひとつの事例として、参考にしていただければ幸いです。


【玄米】

最初に取り組んだのは、玄米食です。朝食と夕食の白米を玄米に置き換えました。

間もなく体重が落ちて、体調が明らかに良くなりました。「食べ物を変えると、こんなに違うんだ！」と、初めて実感できたのが、この玄米食でした。

現在は、繊維質が多く便秘に効くもち麦と、有機玄米を1合ずつ合わせて炊き、同じように1日2回食べています。

【野菜】

なるべく国産かつ無農薬のオーガニック野菜を選んで、温めて食べています。野菜はそのままだと体を冷やしてしまうため、できるだけ温めたほうが良いそうです。

とくに退院してから今日まで、ほぼ欠かさず食べ続けているものがあります。

ブロッコリーと玉ねぎです。

ブロッコリーには、強力な抗がん作用があると言われています。価格が高騰したり、品薄になったりしたときは、ブロッコリースプラウトを代用しました。玉ねぎも、がん細胞の成長の抑制、抗がん作用を期待して、ほぼ毎日、味噌汁や野菜スープなどに入れて食べています。

他にも、にんにく、人参、大根、ほうれん草、かぼちゃ、トマト、パプリカなどがあります（75ページの一覧表をご参照ください）。

「効果があるものはできるだけ取り入れたいけれど、全部は無理……！」

そこで、手抜きをすることにしました。

食べたい野菜を全てサイコロ大に切って鍋に入れ、水を加えて煮込む。最後にコンソメスープの素を入れたら、野菜スープの完成です。

簡単に作れて、美味しくて栄養満点。一度の調理でたくさん作れるので、毎朝食べても数日間はもちます。私たちはこれを「命のスープ」と呼んで、欠かさず飲んでいます。


【卵、納豆】

良質な卵を、1日1個は必ず食べています。私は生産者の顔が見える「平飼い卵」を選ぶようにしています。

納豆は、発酵食品の中でも免疫力を上げる成分が豊富に含まれている食材です。なるべく1日1パック食べるようにしていますが……実は、あまり得意ではないため、ストレスを溜めないように「今日は、納豆は休みの日！」と宣言することもあります。

【魚、貝類】

カレイ、ヒラメ、タイ、タラなどの白身魚。そして鮭。鮭のピンク色の部分には強力な抗酸化作用があるため、これらの魚を1日1回は食べるようにしています。

貝類からは亜鉛や鉄、ミネラルを摂取できます。シジミ、アサリ、ハマグリを味噌汁の具にしたり、サザエやカキなども食べるように心がけています。


【お酒】

手術後1年間はお酒を断っていましたが「アルコールは、少量であれば免疫力を上げる」と聞き、2年目からほどほどに、飲酒を再開しました。ただし、免疫力を上げる効果はあくまで「少量」です。調子に乗って飲みすぎないよう、注意しています。


【生姜はちみつ紅茶・生姜湯】

温かい紅茶に、すりおろした生姜と、大さじ1杯のはちみつを入れる。これを飲むだけで身体がぽかぽかと温かくなります。1日3回飲んでいました。

いまは生姜湯に切り替えました。皮ごとすりおろした生姜10グラムを、150〜

免疫力を高める食品（例）

※４人の先生の著書から学んだことを、自分なりに食生活に取り入れて、
効果を実感できたものです。

食材	効果
玄米	免疫力を高める
ブロッコリー	がん予防
玉ねぎ	がんの進行を抑える
人参	免疫力を高める、がんの進行を抑える
ジャガイモ	免疫力を高める、がん予防
ほうれん草	がん予防（大腸がん予防に効果的）
かぼちゃ	がん予防（肺がん、皮膚がん、食道がんに効果的）
大根	がん予防
トマト、パプリカ	がん予防
キウイ	がん予防
きのこ類（なめこ、しいたけ、しめじ、エリンギ、えのき等）	免疫力を高める
魚（カレイ、ヒラメ、タイ、タラ、サケのピンク色の部分）	がん患者には白身魚が有効、強力な抗酸化作用
貝類（シジミ、アサリ、ハマグリ、サザエ、カキ）	亜鉛、鉄、ミネラルが豊富
にんにく	がん予防、免疫力を高める
良質な卵	がん予防
アルコール	少量であれば免疫力を高める
人参りんごジュース	免疫力を飛躍的に高める
生姜はちみつ紅茶	体を温め、免疫力を高める

完璧を目指すのではなく、７割でOK。
外食では好きなものを食べて、自宅では玄米と野菜中心の食事を心がける。

200ミリリットルのお湯で割って飲んでいます。

【人参りんごジュース】

無農薬の人参2本と、りんご1個。これをジューサーにかけると、およそ200ミリリットルの飲み物ができます。朝と晩の2回、飲んでいました。人参は、完全無農薬の有機野菜を作っている県外の農家から取り寄せて、皮ごと使っていました。

この人参りんごジュースは、免疫力をかなり上げてくれたという実感があり、長い期間飲み続けていました。

【水】

朝起きてすぐに常温の水を2杯。加えて、今も1日2リットルの水を飲むように心がけています。

退院して間もない頃は、知人に教えてもらった東京大学の免疫学博士が作った「水」を購入して飲んでいました。高額でしたが、私の身体によく合っていたので、それだけの価値は十分にありました。

半年間続けて、そのあとは市販の天然水にかえました。

これらの食事療法の効果をはかるため、毎日３回、朝・昼・夜に体温を測りました。すると、たった３カ月で、３５度台だった体温が３６度３分になりました。半年後には３６度５分まで上がりました。

食べるものを変えるだけで、体温を上げることができたのです。

免疫力を上げる生活習慣

食事以外には、運動、睡眠、排便に気をつけていました。とくに運動をして汗をかくことは、体温の上昇に効果的です。

がんになる前、私はほとんど汗をかかない人間でした。そういう体質なのだと思っていたのですが、東洋医学の先生から教えてもらった半身浴とウォーキングを習慣化することで大きな変化がありました。

半身浴は、３９度のお湯にひとつまみの粗塩を入れて、２０分間浸かる。これを続けたところ、１週間後に急に汗をかくようになりました。ウォーキングは、１日３０分〜４０分。これも数日間続けることで、汗をかくようになりました。

身体が内側から温かくなり、心地よい程度に鼓動が早くなって、全身が軽く、動きやすくなる。汗をかくことは「気持ち良いこと」なのだと、初めて知りました。

睡眠は、７時間とるようにと言われました。寝つきが悪いため、だいたい５時間程度になってしまうのですが、７時間眠れた時は、やはり頭がスッキリしています。

余談ですが、がんと診断されて保険会社から受け取った給付金は、２２０〜２３０万円でした。通常は抗がん剤治療などの治療費に使うのでしょうが、私は化学療法を受けなかったため、主な用途は次のようになりました。

・水：半年間で約５０万円
・サプリメント（丹羽先生が開発した酵素）：１年間で３６万円
・漢方薬（丹羽先生の自由診療）：半年間で１８万円

その他、食材費、土佐やその他、治療に必要な交通費と宿泊費などを含めて、術後1年間は自分が選んだ治療法に約１５０万円を投じました。

心身を労わる「ひとり旅」というご褒美

１年間生きたご褒美の、ひとり旅。その記念すべき第1回は、何回か行ったことがある沖縄を選びました。

「まずは、海を見よう。そのあとは……とにかく、車で走ってみよう！」

決めたのは、それだけでした。下調べは一切せず、スケジュールもなし。那覇空港に降り立ったらすぐにレンタカーを借りて、いつでも海に入れるように服の下に水着を着て、ビーチサンダルとタオル、レジャーシートを車に積みました。時間に縛られないように腕時計を外して、出発しました。

「さあ、どこまで行けるかな？」

あてもなく走り出しました。以前の完璧主義はどこへやら、見事なまでの無計画さです。

そのうち、ふと「大石林山に行ってみよう」と思い立ちました。ある雑誌の撮影で、ユーミンこと松任谷由美さんが大石林山を訪れたときに不思議な体験をしたというエピソードが広まり、パワースポットや聖地として有名になった場所です。

「パワースポットと言われているくらいだから、きっと元気をもらえるに違いない！」

期待どおり、そこには生まれて初めての体験が待っていました。

ゴツゴツした迫力ある大岩がそこかしこに堂々と立ち、対照的に柔らかな緑が地面を這っていて、人の手が入っていない自然のかたち、原風景が広がっていました。

「すごい……！」

雄大な自然を目の前にした感動は、とても言葉になりませんでした。そっと岩に触ってみると、岩肌は冷たいはずなのに、触れた皮膚がじわりとあたたかくなり、そこから全身の血に、胸の奥まで、何かパワーのようなものを受け取った気がしました。

何もせず、その場に座って景色を眺めているだけでも、心身がゆっくりとほどけて、解放されていくような心地よさに包まれました。

「こんなにすごい場所で、何も考えずゆっくり過ごせるなんて……生きてて、よかった」

ビルとアスファルトしかない都会で、常に時間に追われて人混みの中で暮らしていた今までの時間は、いったい何だったんだろうと思いました。振り返れば、生きていると実感

沖縄・大石林山

した瞬間は、どこにもありませんでした。

岩も緑も海も、自分で動いたり、話しかけてきたりはしません。それでも、確かに生きていました。生きて、ここにいました。そのことが、どうしようもなく嬉しかったのです。心も身体も、確かに喜んでいました。

「心身を労わるって、こういうことなんだ……。これは絶対に、続けなくちゃ」

それから毎年、ひとり旅を続けています。


行き先は、海があって、山や森などの豊かな自然がある場所。さらに人口が少なくてコンビニがない（または1～2軒しかない）、可能であれば飛行機やフェリーを使わなければ行けない場所を選んでいます。都会の喧騒から離れてのんびり過ごすため、何があっても簡単には帰れない場所がいいのです。

レンタカーを借りて走り、気が向いたら停めて、海に入る。海水に足をつけて、そのまま歩けるところまで歩く。裸足になって直接大地に触れることでデトックスをする。

砂浜に大の字になって寝たり、パラソルのある場所で本を読んだりする。

青空にパラグライダーが飛んでいるのを見て「飛びたい」と思ったら、すぐに問い合わせをして飛びに行く。海を眺めて、白波をあげて走るジェットスキーが「楽しそうだな」と思ったら、申し込みに行く。ウミガメとも一緒に泳ぎました。

時計は見ずに、気ままに遊んで、疲れたら宿に帰る。食事は、地元のお店や居酒屋に飛び込んで、他のお客さんと一緒にご飯を食べたり、お酒を飲んだり、カラオケをしたりして夜を楽しむ。オススメの場所を教えてもらったら、翌日はそこに行ってみる。

これが、私のひとり旅です。

旅先で出会った人たちは、「いいガイドを知ってるから、紹介するよ」、「このお酒が気に入ったなら、酒蔵に行ってみるといいよ」と、初対面の私にいろいろ教えてくれました。今もSNSで繋がっている人もいます。

旅行から帰ったときには、

「楽しかった！　来年も行けるように頑張ろう！」

と、モチベーションが最高に上がった状態になっています。そのためでしょうか、新しいお客様から仕事の依頼をいただいたり、旅行中に出会った人から仕事の相談が入ったりすることがあります。

心身をリフレッシュさせれば、仕事の流れが良い方向に変わる。自分へのご褒美には、そんな効果もあるのだと思っています。

私の宝物「生きている証写真」

中学生くらいのころから、写真を撮ることが好きでした。景色や動物、友達など、自分が「楽しい」と感じたシーンをたくさん撮ってきました。携帯電話で写真が撮れるようになり、ＳＮＳが普及してからは、外出先で撮った写真をどんどんＳＮＳにアップしていました。私の日常の中で「写真を撮る」ことは、ごく当たり前に存在していたのです。

がんの手術をした後、１年間は毎月、検査のために通院しました。その１週間後にも結果を聞くために病院に足を運んでいたため、「外出」といえば「通院」になり、写真を撮りたいという欲求はいつのまにか消えてしまいました。

検査結果を聞くときは、いつも不安でした。それでも、主治医のＴ先生の顔を見て、話しをすれば安心できました。

何度目かの定期検査のとき、ふと「先生と写真を撮ってみたいな」と、思いました。理由はわかりませんが、急に「写真を撮りたい」という気持ちが戻ってきたのです。

「先生、一緒に写真を撮ってもいいですか。これから検査をクリアするたびに先生と写真を撮って、それを〝生きている証〟として保存していきたいんです」

先生は少し照れくさそうでしたが、同意してくれました。

それ以来、検査のたびに先生とのツーショット写真を撮るようになりました。最初は遠慮がちだった先生も、「今日はどっちを背景にする?」、「この3枚のどれかをブログにあげるなら、これにしよう」と、一緒に楽しんでくれるようになりました。

そしてある日、

「君は、僕にとって忘れられない患者の一人だ」

そう言ってくれました。

「君は僕の意見を聞かなかった。それでも、いま生きている。自分が選んだ治療の答えを出している。ここまで生きてきたんだから、これからもずっと長生きしてほしい」

その言葉を、私は生きている限り忘れないと思います。

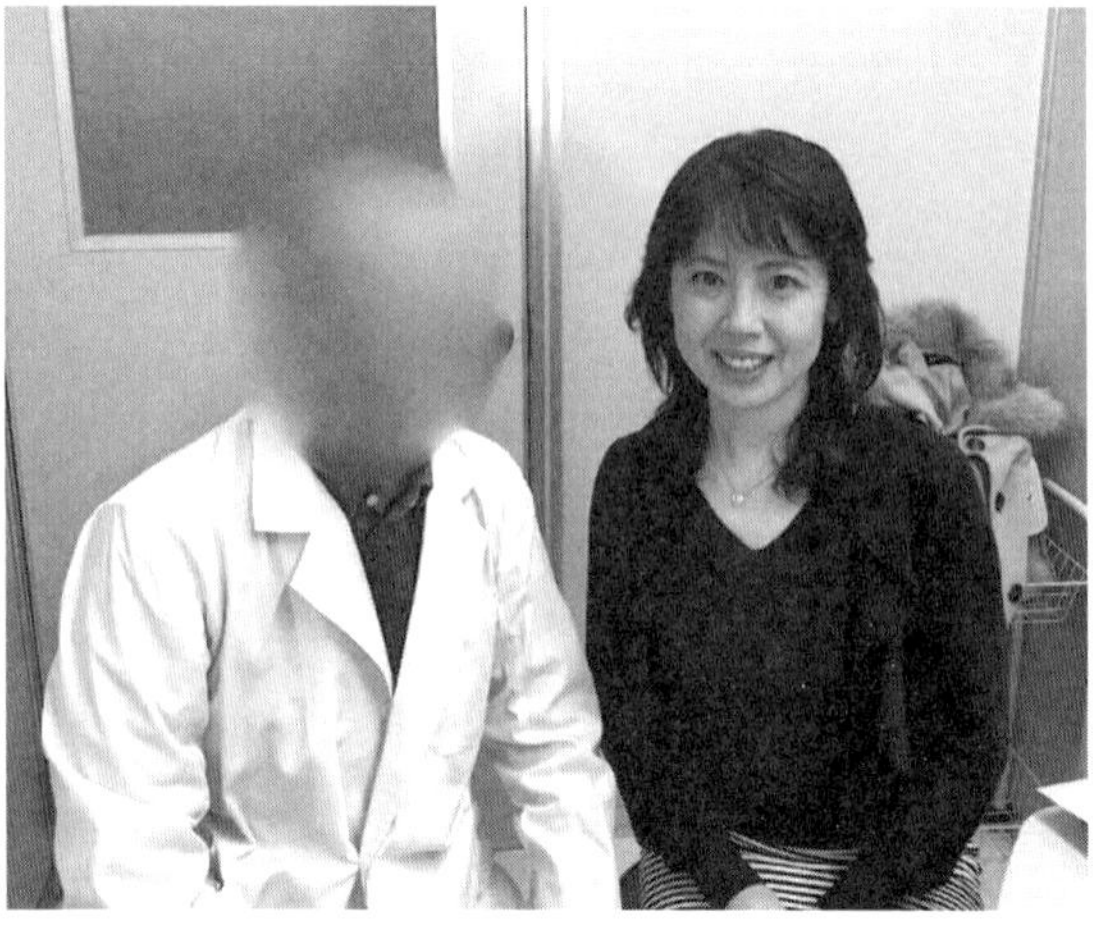

主治医のＴ先生と

夫も、写真に写ることがあまり好きではなかったのですが「生きている証としての写真なら、いいよ」と言ってくれて、誕生日や結婚記念日、お正月などに、一緒に写ってくれるようになりました。

友達とも、旅行に行ったり、飲んだりしたとき、たくさん写真を撮ります。「まだ撮るの？」と呆れられるくらい撮っています。

ＳＮＳに投稿した写真は、すべて、私が生きている証です。何万枚もの、生きている証写真。これらは私の宝物であり、私の生きがいです。

手術から5年後、本格的にガン克服講演を始める

５年間生き延びることができたら、母の命日に講演をする。

そう決めていました。

昔、上の兄と母と夫、私の４人で、抗がん剤について学ぶ講座に参加したことがありました。そのとき、私はその副作用の恐ろしさを十分に学んだつもりでいましたが、母がすい臓がんになったとき、抗がん剤治療を断る勇気がありませんでした。「抗がん剤を投与

しなくても生きていける」という確信がなかったのです。

あのころもっと勉強して、確固たる意思で抗がん剤を拒否していたら、母はもう少し長く生きられたかもしれません。どれほど悔やんでも悔やみきれない、忸怩たる思いをずっと引きずっていました。

抗がん剤治療を受けずに5年間生き延びて、母の命日にその報告として講演会を行う。それが、私にできる母への供養でした。

２０１５年１１月９日。

『「がん」が教えてくれたこと—病気と向き合い、始まった人生—』を開催しました。

ホテル京阪に、約６０名の参加者が集まってくれました。過去にがんを経験した人、今まさにがんを患っている人、看護師さんや、緩和ケア病棟に勤務されている人、私の友人や知り合い、お世話になっているお客様など……。

その方々を前に、がんになる前の人生や、がんと告知されたときの不安や葛藤。自分で治療方法を選び、生き方を変えて、第二の人生をスタートさせたことを、せいいっぱいお話ししました。

講演後、皆さんからたくさんのお言葉をいただき……天国にいる母も、喜んでくれているような気がしました。

「今後も、地道に講演活動をやっていこう。本業は筆跡診断だけど、ひとりでも多くの人にがん体験を伝えていきたい」

心から、そう思いました。

また、この講演は新聞や雑誌にも取り上げていただき、雑誌の対談企画や、お寺の彼岸法要での講演、建設会社の「安全大会」での講演など、たくさんのご縁をいただきました。

さらに、翌年3月には大阪・京橋で、4月には三重県四日市市で、がん体験の講演会を開催しました。その講演料の一部は、宮城県気仙沼市に寄付しました。

現在も講演会で得た収益の一部は、生きていることの感謝の気持ちを込めて、災害被災地や医療機関、子どもの医療施設、動物愛護団体等に寄付をしています。

立ち止まり、振り返って「光」を見つめる

5年間生き延びることができたら、母の命日に講演会をする。その目標は叶いました。

ただ、母の命日に合わせて日程を前倒ししたため、〝手術から丸5年後〟にあたる

2016年2月にも、講演会を予定していました。

その前日、定期検診の結果を聞くために病院に向かいました。それまで毎回「問題なし」だったため、「今回も大丈夫に違いない」と楽観的に考えていました。ところが、

「再検査が必要です……」

先生はとても残念そうな顔で、そうおっしゃいました。

血液検査と腫瘍マーカーは問題なし。転移もなし。ただし、温存した左の卵巣の壁が少し厚く、大きくなっている。ホルモンバランスの影響で一時的に大きくなることはあるが、悪性の可能性は否定できない、と。

ショックでした。丸5年の検査も無事にクリアして元気に講演するつもりで、すでに案内を送り、多くの方が参加してくれることになっていたのです。

ただ、再検査をするまではわかりません。何かあっても、すぐにどうにかなるわけでもありません。少し悩みましたが、講演会は予定通り開催しました。

数日後、筆跡診断の講演を行いました。そこでお会いしたご住職に、自分が卵巣がんになり、丸5年の前日に検査にひっかかって落ち込んだことを、つい話してしまいました。

「再発しないように、すごく頑張ってきたのに……これまでの生き方は、間違っていたのでしょうか」

するとご住職は穏やかにこたえてくれました。

「今までの生き方を否定してはいけません。医師からは、半年から1年の間に再発する可能性があると言われたのに、もう5年も生きています。だから、あなたが選択した生き方は間違っていません」

「間違っていない、ですか……？」

ご住職のお話しは、不思議です。乾いた砂に水が染み込むように、すうっと心の中に入ってきました。

「トンネルの話を知っていますか？」

「いいえ、知りません。教えてください」

「トンネル工事は、昔はつるはしを使った人力で行っていました。通常、トンネルは直線ですが、工事中はまっすぐ掘れているかどうか、わからないですよね。確認するためには、どうしたらいいと思いますか？」

「うーん……後ろを振り返る、ですか？」

「そうですね。では振り返ったとき、どんな風景が見えたら、まっすぐ掘れているのでしょうか」

私は目を閉じて、暗闇の中でトンネルを掘る作業を想像してみました。けれど……

「すみません、わかりません」

「振り返ったとき、外の光が見えたら、まっすぐ掘れているということです」

「あ、なるほど！」

確かに、その通りでした。光はまっすぐに進みますから、道が途中で曲がっていたら、外の光は届きません。

続けて、ご住職は教えてくれました。

「暗闇の中でまっすぐ歩くことは、簡単なことではありません。自信がなくなったり、迷うこともあります。人生も同じです。自分が目標に向かってまっすぐ歩めているかどうかを知るためには、ときどき立ち止まって、後ろを振り返って、光が見えるかどうかを確認する必要があるのです」

「立ち止まって、振り返る……。その光は、何なんでしょうか」

「誰かのアドバイスや、先人たちの知恵、そして、自分が過去に下した決断などです。たとえば、りるもさんが選んだ治療法です。

あなたは5年間、自分が選んだ治療法と生き方を全うしてきた。だから、今日も生きています。その道のりを否定してはいけません。

何かにひっかかったのなら、一度立ち止まって、振り返って、光を見つめてください。そして、新しい方向に進みたいと思うのであれば、そちらに歩みだしてください」

とても勇気をもらえるお話でした。

振り返ってみると、私が歩んできた道のりには、病気になった時の苦しさ、そばで支えてくれた人々の言葉、信じられる治療法に出会えた喜び、再発を抑えてくれている自分の身体への感謝など……たくさんの光が差し込んでいました。

けれど、前だけを向いて進んでいた私は、その光を感じることができなくなっていたのです。

思い出しなさい、忘れていることに気づきなさい。

検査に引っかかったのは、きっと、そういうメッセージだったのです。

「私は、調子に乗っていたんだな……」

たった1回、望んだ検査結果が出なかっただけで、これまで教えてもらったり、気づかせてもらった、たくさんの大切なものを「間違っていたのではないか」と疑ってしまった。歩んできた道を否定したから、光が見えなくなって迷ってしまったのです。

立ち止まって、振り返って、光を確かめる。そのうえで、これからどうするかを考えて、進む方向を決める。

何があっても自分を責めず、これまでの努力を認めて、何度でもやり直しながら進んで行く。それでいいのです。

後日、再検査の結果が出ました。T先生がおっしゃった通り、ホルモンバランスの影響による一時的なものだったため「問題ありません」と言ってもらえました。

「ありがとう」の言葉のちから

仕事をしているとき、プライベートで友人と会っているとき、これまでの人生で何回も「ありがとう」という言葉を口にしてきました。がんになってからはさらに回数が増えて、心の底から「ありがとう」と言えるようになったと感じています。

普通に朝、目がさめること。

ご飯が食べられること。美味しいと感じられること。

家族がいること。友達に会えること。一緒に過ごせること。

それらは、当たり前のことではありませんでした。いつ死ぬかわからない病気になって初めて、生きていること、生かしてもらっていること、そのすべてに感謝をこめて「ありがとう」と言えるようになりました。

感謝の気持ちを伝えるには、自分が生きていて、相手も生きていなければいけません。

そのためでしょうか。私ががんになってから、夫は「○○をやってくれてありがとう」、「○○を取ってくれてありがとう」と、ちょっとしたことでも感謝を伝えてくれるようになりました。すると、私も夫に対して、些細なことでも「ありがとう」と言うようになり、ケンカの数が減りました。

もちろん、生きていれば嫌なこと、腹が立つこと、イライラすることもあります。そんなときも、私は「ありがとう」と口にするように心がけています。

夜、寝る前に手を合わせて、その日の出来事を思い出し、

「○○さん、今日は学ばせてくれて、ありがとうございました」

怒りがわいてきても、口調が尖ってしまっても、必ず言うようにしています。

不思議なことに、うわべだけでも「ありがとう」と言えば、少しずつ怒りがおさまっていきます。きっと、プラスの言葉には、プラスの気持ちや出来事を引き寄せる力があるのでしょう。「ありがとう」は、その中でもとくに強い力を持つ言葉なのだと思います。

1日に1回でも多く「ありがとう」と言う。

そうすることで、人とのご縁が深くなり、生きている喜びが高まって、命を繋いでいってくれるのだと、そう感じています。

第３章　寄り添い、支える側になって

夫が肺がんになる

２０２２年２月９日。夫は出張先の浜松市で新型コロナウイルス感染症にかかり、肺炎を発症して入院しました。心配でしたが、１カ月後には無事退院し、職場に復帰しました。もう大丈夫だな、よかったと安心していたところ……３月３０日、連絡がありました。

「レントゲンで肺に影があると言われて、検査をした」

まさか、と思いました。

私ががんになってから、夫も玄米菜食に切り替えていました。体温も３６度台を保っていましたし、健康に注意するようになりました。

しかし――生活リズムは、健康的とは言えませんでした。建設業界は工期がシビアで、徹夜で仕事をして間に合わせることも頻繁にありました。

「大丈夫だよ。私と一緒の食事で免疫力が上がってるんだから、絶対に大丈夫」

かつて夫が私にそうしてくれたように「大丈夫」と力強く言い続けましたが、心の中では「本当に大丈夫だろうか」、「今すぐ会いに行って様子を確かめたい」という気持ちでいっぱいでした。

（ああ、私ががんになったとき、夫はこんな気持ちを抱えたまま励ましてくれていたんだな……）

どうか、がんではありませんように。

毎日祈りながら過ごしていましたが、4月18日、検査結果が出たと電話で連絡がありました。

「肺がん、ステージ2Bの可能性が高い」

手術で肺の3分の1を切除すれば、根治する可能性はある。ただし、肺炎になった影響で肺機能が低下しており、手術後は在宅酸素療法が必要になるだろう、とのことでした。

肺をごっそりと切除し、酸素ボンベなしには生きられない身体になってしまったら、いまの仕事は当然できなくなります。日常においても、さまざまな制約がかかってしまうでしょう。

それだけでもショックでしたが、そのあと5月に行った気管支鏡検査（肺に内視鏡を挿入し、病巣の細胞や組織を採取する）による細胞診でも、

「確定診断できなかった。麻酔なしでの気管支鏡検査で苦しい思いをしたんだけど、細胞が採取できずに、徒労に終わった。挙句の果てに、手術をしてみればわかるから、と言われたよ」

電話でその連絡を受けた後、私は肺を切除せずに治療できる方法を探して、必死に情報を集めました。そうして出会ったのが、「肺がん自然治癒促進プログラム」を実施している、寿楽鍼灸整骨院でした。

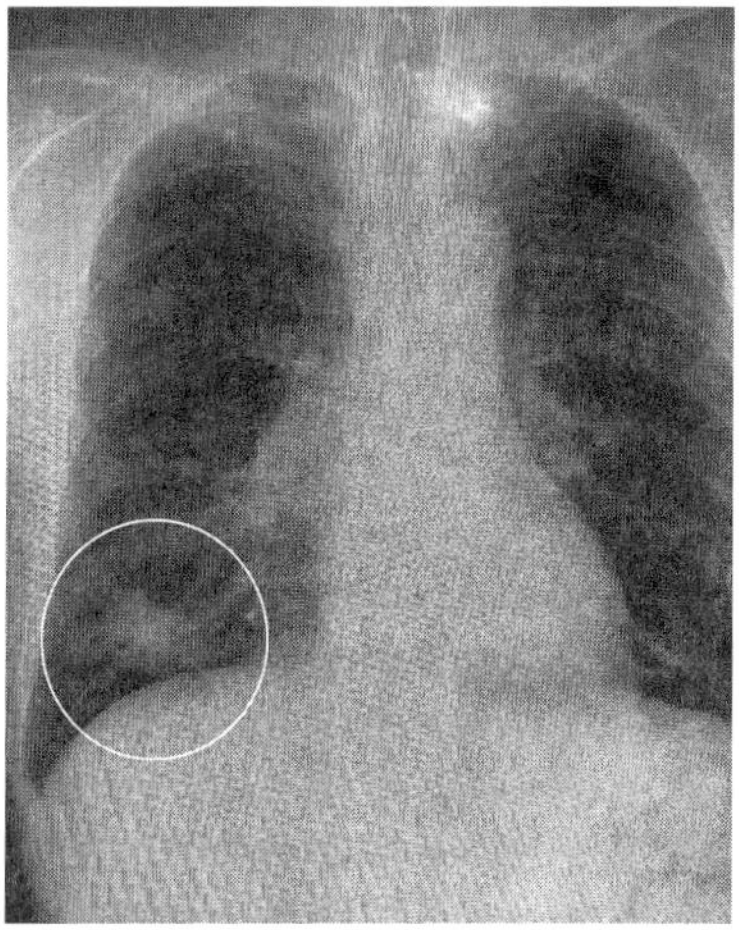

2022年4月18日　肺がんステージ2B

免疫の力で肺がんが縮小

寿楽鍼灸整骨院では肺がんに対する集中的な鍼灸整体治療を行っており、実際に肺がんが寛解した患者さんの治療経過や、腫瘍マーカーの数値の変化、レントゲン画像などがホームページに掲載されていました。

代表の井出貴之先生は少し変わった経歴をお持ちで、海外の大学を卒業した後に鍼灸師・柔道整復師の資格を取得。さらに国内の大学院で解剖学や応用行動心理学を学び、一人ひとりの体質の違いについて理解を深めた上で、患者さんの体質に合わせた施術を行っているそうです。

夫に伝えるとすぐに興味を持ったようで、さっそく静岡県から奈良県への長距離を移動して、診察を受けに行きました。

「井出先生はすごい。肺がんだけじゃなくて、ずっと痛かった腰も一瞬で治してくれた。この先生にお世話になりたいと思う」

初診ですっかり井出先生に信頼をおいた夫は、手術も化学療法も必要ないと判断し、週に1回、朝5時に起きて遠距離通院を開始しました。

東洋医学は自費診療のため、1回の治療で数万〜数十万円の費用がかかることもザラです。ところが、寿楽鍼灸整骨院は数千円という金額で、鍼治療や生活指導、呼吸法など、本人の性格や生活習慣に合う療法を施してくれました。体質改善には施術を継続する必要があるため、患者さんが来院しやすい価格に設定している、とのことでした。

「どんな病気であっても、身体に備わった免疫力が治してくれます。高価な薬を使っても、身体が元気でなければ意味がありません。だから、まずは免疫力を高めていきましょう。私は、そのお手伝いをします」

そう言いながらも、決して「これを食べなさい」、「このトレーニングをやりなさい」とは言いません。提案はしても

「実際にどうするかは、自分で吟味してください」

とのこと。がんを経験した私と一緒に食事療法を続けていることをお伝えすると「では、それを続けてください」ともおっしゃったそうです。

夫は病院での手術と化学治療は断りましたが、定期的な検査は受けていました。そして、寿楽鍼灸整骨院への通院を始めてから数カ月後、驚くべき効果が現れました。

まず、通院開始から2カ月後の8月7日。血液検査で、腫瘍マーカーのCEAが完全に

標準値に戻りました。加えて、8月と9月のレントゲン画像を比較すると、素人が見てもわかるほど、肺がんが小さくなっていました。

「うわ、がんが小さくなってる！　何もしていないのに、なんで……？」

その画像を見た病院の先生は、大声で驚いたそうです。

「鍼灸整骨院に通って鍼治療を受けたり、その先生から教えてもらった東洋医学の食事療法や呼吸法を続けているんです。その効果がでたんだと思います」

「そんなばかな、手術も治療もしていないのに、こんなことはありえない……」

病院の先生はどうしても認められないようでしたが、夫の肺がんは、順調に小さくなっていきました。

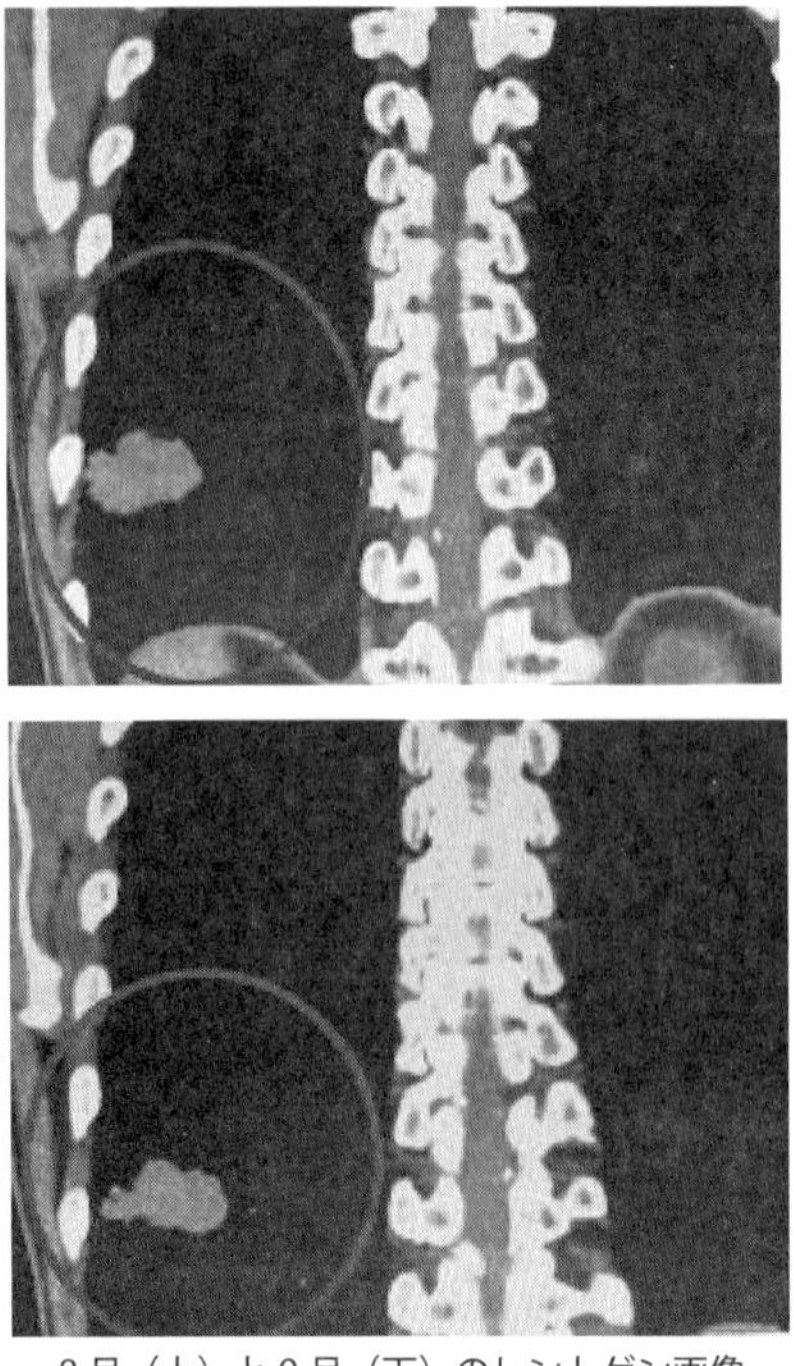

8月（上）と9月（下）のレントゲン画像
腫瘍が明らかに小さくなっている

上腕骨と脳への転移

9月25日、夫の身体に異変が起きました。

仕事先で急に足が上がらなくなり、ガードレールを乗り越えることができなくなってしまったのです。立ち尽くす夫に、仕事仲間が「どうした？」と声をかけてくれても、

「いや、なんでか、足が上がらなくて」

そう答えるしかなかったそうです。

理由はわからないが、とにかく家に帰らなければと思い、仲間に抱えてもらって移動。そのまま車に乗って浜松から大阪に戻ってきました。

駐車場に夫の車が入って来るのを見た私は、外に迎えに行きました。

「おかえり……って、どうしたの？」

車から降りた夫は、足を引きずっていて、ほとんど歩けない状態でした。カバンも持っていません。持てないのです。

なんとか家にたどり着きましたが、ベランダの小さな段差を乗り越えることができず、トイレに行くときも壁伝いに、少しずつしか進めません。

「大丈夫、大丈夫。ちょっと頭が痛いし、なんか目も見えづらいけど、少し寝たら治ると思うから」

そういって夫が横になった隙に、私は素早くパソコンを開いてインターネット検索をしました。どう見ても大丈夫ではありません。脳梗塞かもしれないと思いましたが、症状を調べてみると、どうも違う気がしました。

(脳梗塞でなかったとしても、たぶん脳だ。脳で何かが起きてる)

確信した私は、救急車を呼びました。脳外科専門の病院に運び込まれ、すぐにＭＲＩなどの検査を受けました。

「どうしてもっと早く来なかったんですか！　こんなの放っておいたら死にますよ！」

一通りの検査が終わると、先生に怒られました。無理もありません。その画像を見て、私も夫も言葉を失いました。

脳に、６箇所も腫瘍ができていました。肺のがんは順調に縮小していきましたが、すでに転移していたのです。

「Ｓ病院に紹介状を書きますから、すぐに行って、診てもらってください。いいですね？」

後日、歩けない夫を支えながら、どうにかＳ病院にたどり着きました。緊急対応で９月

３０日に入院し、改めて検査を受けると、脳の腫瘍は６箇所ではなく１２箇所あることが判明しました。

「かなり危険な状態です。すぐにガンマナイフ照射をして、抗がん剤投与を始めましょう」

ガンマナイフ照射とは、周囲への被曝量が最も小さい放射線治療のことです。約２００個のガンマ線ビームを病巣に向けて精密に集中照射し、病巣を凝固・壊死させる治療法だそうです。

専用機械のベッドに横たわった状態で、頭部を金属製のフレームで固定。コンピュータが位置を決定して自動的に照射するため、頭蓋骨を開ける手術よりも、はるかに身体への負担が軽いとのことでした。

通常は３０分くらいで終わるのですが、照射箇所が多いため４時間もかかりました。それでも、

「長かったけど、先生や看護師さんがいろいろと声をかけてくれたおかげで、リラックスして治療を受けられた」

と、あまり疲れた様子は見られませんでした。

不幸中の幸いだったのは、腫瘍が小脳にもできていたことです。小脳は身体の動きを司

る部分であるため、すぐに運動障害が出て、異常に気づくことができました。

転移は、脳だけではありませんでした。右上腕骨にも転移していました。レントゲンでみると、骨の中がスカスカになっていたのです。放射線治療によるがん細胞の死滅と、服薬による骨の再生促進を行うことになりました。

「骨の再生には、1年から1年半ほどかかります。いまは骨が虫食い状態になっているので、手をついて体重をかけたりしたら簡単に折れてしまうので注意してください。あと、重いものを持つのもダメですよ」

それ以来、重い荷物を運ぶのは私の担当になりました。

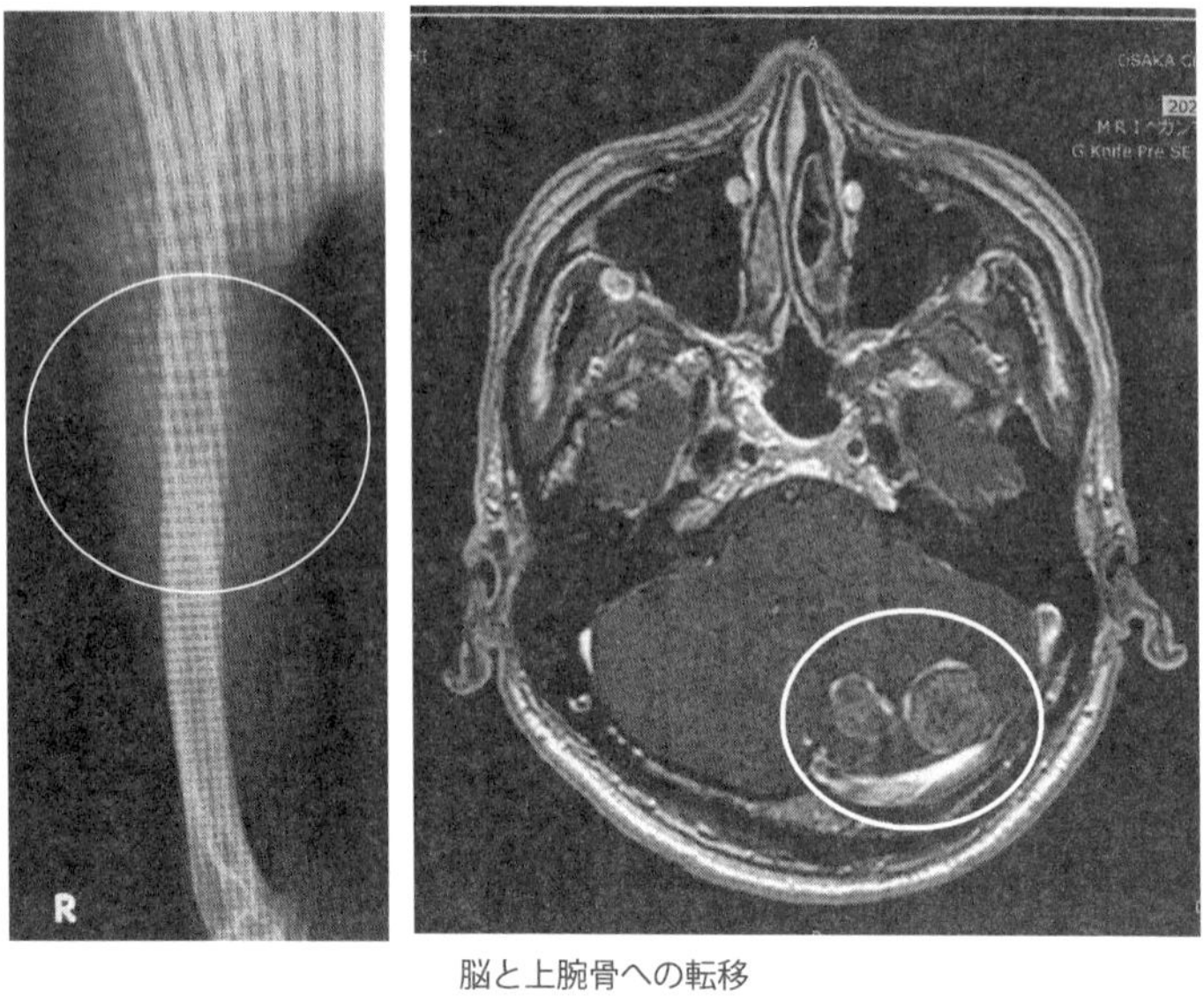

脳と上腕骨への転移

抗がん剤と東洋医学のハイブリッド治療

ガンマナイフ照射の後、主治医から抗がん剤治療を勧められました。

私は夫に、抗がん剤を投与させたくないと思っていました。ですが、決めるのは夫です。

「どうする？」と尋ねると、夫は少し考えてから、答えました。

「抗がん剤を使わなくても、肺がんは小さくなっていた。けれど、脳と骨に転移していたということは、転移のスピードが早いんだと思う。先生は、抗がん剤治療は完全にがんを治すわけではなく、転移や再発を防ぐ延命治療だと言っていた。それなら、これ以上がんを広げないためには、抗がん剤は有効だと思う」

確かに、その通りだと思いました。副作用が出たとしても、一時的に転移を防ぐことができるかもしれません。

「わかった。でも、しんどくなったら途中で止めよう。それだけは約束してほしい」

「もちろん。これまで通り東洋医学の療法を続けて、化学療法は最小限に抑えられるように頑張るよ」

抗がん剤治療は１１月から、４クール行うことになりました。１日１回の抗がん剤投与

（点滴）を数日間連続して行い、その後は一定期間あけて検査等で経過を観察。その結果を受けて、2クール目の抗がん剤の量を調節し、3クール目、4クール目と続けていくのです。

幸い、1クール目はほとんど副作用が出ませんでした。食欲もあり、17階の病室から5階のコンビニまで、階段を使って毎日2往復していたおかげで体力が落ちることもなく、1週間後には2クール目に入り、退院しました。

ただし、抗がん剤治療開始から3カ月後、4クール目に入る前には、便秘、湿疹、あかぎれ、爪の変形など、小さな副作用がいろいろと現れてきました。

髪の毛は、きっと抜けるだろうと思って、先に坊主頭にしました。ちゃんと伸びてきましたが、白髪になっていたり、とうもろこしのヒゲのようにチリチリになっていたため、

抗がん剤治療中も、元気に外出

その度に剃りました。眉毛も薄くなり、ヒゲは永久脱毛したかのように完全に消えて、ツルツルになりました。他にも、左手の痺れや、鼻づまりなどがありましたが、どれもそれほど深刻な状態にはなりませんでした。

免疫力の維持で、抗がん剤治療を見事クリア

一般的な「抗がん剤治療を受けている方」と比べると、ほとんど普段と変わらない生活を送っている夫の状態は、かなり特殊だったようです。血液検査の数値もどんどん正常になっていき、病院の人からは「おそるべき回復力だ」と毎回驚かれました。

何せ、自力で自転車を２０分くらい漕いで病院に行き、抗がん剤投与を受けて、自転車で帰宅していたのです。

「こんながん患者、他にはいません」といろんな方から言われました。私も、そう思いました。

４クール目が終了した２０２３年2月には、１２個の脳腫瘍はすべて消えて、再発もありませんでした。縮小していた肺がんは完全に消失し、右上腕骨も順調に回復して、右手がずいぶん使えるようになりました。そのおかげで、1月下旬には職場に復帰できたのです。

これほど順調に回復できたのは、食事療法と適度な運動、酵素のサプリメントや鍼治療、呼吸法など、免疫力を維持する努力が効いたのだと思います。免疫力を維持すれば、病気になってもはやく回復するのだと実感しました。

再発、脳のむくみ

会社の人が協力してくれたおかげで、夫は以前のように猛烈に仕事をするのではなく、余裕をもって働くことができるようになりました。病院で月に1回検査を受けて、鍼灸整骨院にも毎週通っていたおかげで、健康な毎日を過ごしていました。

ところが、職場復帰してから5カ月後の7月初旬。

定期検診で、再発が見つかりました。右脳の前頭葉に、新たに2センチの腫瘍ができていたのです。

(どうして、何で？　何が悪かったの？)

ショックでした。理由を探ろうとしましたが、わかりません。１泊２日の入院で、ガンマナイフ治療は１時間半くらいで終了。その後は変わらず、元気に仕事をすることができました。

井出先生に再発の報告をすると、先生も驚いていたようです。そして少し考えた後、「毎回言っていることですが、①バランスの良い食事、②適度な運動、③十分な睡眠（休憩）、こまめな水分補給、⑤毎日の排便で、きれいな血液をつくり、瞑想やサウナで血流を整えることが基本です。これらのうち、欠いていたものはありませんでしたか」と、質問されたそうです。

夫は「あっ」と、気づきました。サウナで体を温めたあと、水風呂で冷やし、またサウナに入る。これを繰り返すことで脳の血流も良くなる。肺がんは頭に飛びやすいから、日常生活で質の良い血液づくりを心掛けて、サウナ療法で全身の血流を良くしておいてくださいと最初に言われていたのに、やっていなかったことを思い出したのです。

夫が「すみません……」と謝ると、先生は「こちらの治療方針は変わらないから」と、言ってくれました。先生はあくまで提案と手伝いをするだけ。何をやるかを決めるのは本人であり、病気を治すのは本人の免疫力だと。

その話を聞いて、私も反省しました。仕事に復帰してからは、運動を少しサボっていました。調子が良かったので、気が緩んでいたのです。

さっそくサウナに行き、心地よい汗をかくほどのウォーキングも再開しました。食事療法についてももう一度勉強し、毎日食べる食材や調理法を見直しました。

絶好調なときほど、慎重に生活を見直すべき。やるべきことを思い出し、感謝の気持ちをもって続けていかなければいけない。脳腫瘍の再発は、その警告だったのでしょう。

2回目のガンマナイフ治療のとき、病院の先生から次のように言われました。

「腫瘍ができたのは右脳ですから、左の手足に影響がでるかもしれません」

その通りのことが起こりました。

靴やスリッパを履く時、左足をなかなか前に出すことができず、時間がかかることがありました。本人が「あれ、おかしいな」とつぶやき、私もその異常に気づきました。

あるときは、夫が左手を上げたまま、動きを止めていました。

「左手、どうしたの？」

「あ、忘れてた」

「忘れてたって、何が？」

「頭がかゆくて、掻こうとしたんだけど……なんか、途中でそのことを忘れてたみたいだ」

右の脳に腫瘍ができた影響で、左の手足を動かすための指令がうまく伝わらなかったり、向けていたはずの意識が途切れたり……そのようなことが起こりました。

治療したばかりなのに、大丈夫かな。怖いな……。

私がそう感じたのですから、本人の不安はもっと大きかったでしょう。

そうした症状は徐々に消えていきましたが、次の定期検診で脳のＭＲＩをとったとき、夫は初めて、

「結果を聞くのが怖い」

と言いました。その気持ちは、痛いほどわかりました。

幸いにも再発はしていませんでしたが「脳のむくみがとれていません」と告げられました。ガンマナイフ治療の影響で、周囲の正常な脳細胞に一過性のむくみが生じることがあるそうです。ただ、それも時間とともに改善していくものなので、様子を見ることになりました。

脳腫瘍摘出手術

脳のむくみが現れてから1年近くが経過した、2024年6月。左手足の感覚障害が再び出るようになりました。動かそうとしたときに、ワンテンポ遅れるのです。

再度、検査を行った結果——脳腫瘍が1箇所、見つかりました。再発でした。さらに、「脳のむくみがガンマナイフ治療の影響であったことから、これ以上の照射は危険です。頭蓋骨を開ける開頭手術をして、脳腫瘍を摘出しましょう」

ついに全身麻酔で、頭蓋骨を開ける危険な手術が必要になってしまいました。

手術は8時間以上になる見込みで、成功しても手術前より状態が悪くなる可能性があること。リハビリで改善していくが、人によってはかなりの時間がかかることなど、「最悪の状況」を含めてさまざまな説明を受けました。

正直、怖かったです。それでも命を救うためには、手術を受けるしかありません。夫は怯えながらも覚悟を決め、私も同意しました。

6月4日の8時45分。夫の手術が始まりました。

私は「手術が終わるまで病院の中にいて下さい」といわれたため、中庭が見えるベンチに座り、咲いている花や、草木、雲が形を変えながら流れていく様子を、ぼんやりと眺めていました。

（私が卵巣がんの手術を受けていたとき、夫もこんな気持ちで待っていたんだな……。これは本当に、自分が病気になるよりも、ずっとつらいなあ……）

17時過ぎ、手術が終わって、私は先生に呼ばれました。

怖がっていることが伝わったのでしょう。先生は最初にひとこと

「手術は成功です」

はっきりと、そう言ってくれました。

これまでのガンマナイフ治療の影響で脳がひどくむくんでいたこと、前頭葉に腫瘍ができていたため切除したことを教えてくれました。そして、

「目視で確認できる悪いものはすべてきれいに取り去ったため、むくみは次第に改善していくでしょう」と。

その報告を聞いて、私は先生の目の前で号泣してしまいました。先生は困りながらも

「待っている間、怖かったですね」と、優しくなだめてくださいました。

夫は18時すぎにICUに移動しました。

9時間ぶりの再会でした。声をかけると、うっすらと目を開きました。「けっこう、疲れた」、「頭がいたい……」と、少しだけ言葉を返してくれたあと、麻酔が効いていたこともあり、また眠ってしまいました。

翌日、お見舞いに行くと、ICUから個室に移動していました。夫は頭に包帯を巻き、頭痛と眠気に苛まれていましたが、昼食の重湯を完食して看護師さんを驚かせたようです。ただ、左の手足には影響が残っていました。

「とにかく、重い。動くけれど、上げた状態をキープできなくて、すぐに下ろしてしまう」

それでも、理学療法士と主治医からは、「しっかり動きますね」、「回復が早そうですね」と、言ってもらえました。

(焦らずに、ゆっくり回復していけばいい。大丈夫)

夕食も完食し、食欲があることに安心しました。

術後2日目。同じ時間に行くと、表情が明るくなっていて、左手足も調子良く動いていました。看護師さんに付き添われてトイレに行くときに「え? はやっ!」と思わず声を出して驚いたほど、さっさと歩いていました。そのスピードは、ほぼ手術前と変わらないくらいでした。

午前中は廊下を一往復して、リハビリの先生や主治医を「驚異的な回復力だ！」と驚かせたらしく、それが夫の気持ちを前に向けてくれたようです。

ゆっくりと回復、どころではありませんでした。頭の包帯がなければ病人には見えないほど、夫は驚くべき回復力を備えていたのです。

心地よい気分で帰宅した私は、その夜、少しだけお酒を飲みました。

元気で、食欲があって、何気ない会話で笑い合えること。それがどれほど幸せなことか、感謝すべきことか、改めて噛み締めました。

2024年６月７日（開頭手術後３日目）

６月１５日。当初は手術とリハビリで１カ月の入院が見込まれていましたが、手術からわずか１１日で退院しました。

たくさんの荷物を持って駐車場に向かう途中、夫はすぅーっと息を吸って、

「やっぱり、外の空気はいいよなぁー！」

嬉しそうに、そんなことを言いました。

「そうだね、よかったね～。荷物は私がほとんど全部持ってるけどね～」

夫は困ったように笑い、私もからかうように笑って、二人で家に帰りました。

再発と退職

開頭手術をしてから2カ月後の、8月21日。定期検診のために病院に行き、MRI検査を受けました。

その画像をみて、主治医の先生も、夫も、私も、言葉を失いました。

右の脳に1箇所、影が写っていました。

たった2カ月で、また同じ場所に腫瘍ができていたのです。

「急いだ方がいい。来週にもガンマナイフ治療をしましょう」

「でも……」

「わかっています。影響を最小限に抑えるために、３回にわけて慎重に照射します」

そうして、８月２８日から２泊３日の入院となりました。

開頭手術と違って身体への負担は少ないため、３日目のお昼前には退院。とくに変わりなく元気な様子だったので、スーパーで買い物をしてから帰ることにしました。

買ったものをカートに乗せて、エレベーターで駐車場に向かっていたときです。

私は扉の方を向いていて、夫は背後に立っていました。私たちのほかに、若いご夫婦も一緒に乗っていました。

「……っ、大丈夫ですか⁉」

背後から、男性の慌てた声がしました。振り返ると、夫が目を閉じて脱力していて、男性が支えてくれていました。

一瞬、何が起きたのか理解できず、頭が真っ白になりました。

エレベーターが止まった音で我に返った私は、男性に手伝ってもらって夫をエレベーターから降ろし、息苦しそうにしていた夫の胸をさすりながら
「救急車を呼んで下さい！」

と叫びました。奥さんが、すぐに救急車を呼んでくれました。

さっきまで普通に話していたのに、もう、目を開けてくれないのではないか。このまま、いなくなってしまうのではないか。

最悪の状況が浮かんで凍りついてしまった私の代わりに、若いご夫婦はてきぱきと動いてくれました。

スーパーのスタッフも駆けつけてくれて、遠くから救急車のサイレンが聞こえてきたとき——閉じていた瞼が、ピクリと動きました。はっとして名前を呼ぶと、夫はぼんやりと目を開いて、首を傾げました。

「あれ……？」

むくりと上体を起こし、きょろきょろと周囲を見渡しました。身体は問題なく動いていて、意識もはっきりしていました。

私は全身から力が抜けて、大きく息を吐きました。

その後、夫は救急隊員の質問にもしっかりと答えて、自力で救急車に乗りました。私も、助けてくれたご夫婦とスタッフの方々にお礼を言って乗車し、退院したばかりの病院に戻りました。

検査結果は、ガンマナイフ治療の副作用でした。慎重に照射しましたが、これまで何回も照射した影響で、脳が一時的に痙攣を起こしたそうです。てんかん発作のようなもので命に別状はないものの、３日ほど入院することになりました。

そして退院した日の夜、私は夫に言いました。

「もう会社を辞めて。退職して、好きなことだけをやって生きてほしい」

私はがんになった後、筆跡診断士の仕事だけをやってきました。それが私のやりたいことだったからです。

けれど、夫は違いました。以前よりは余裕ある仕事スタイルになったとはいえ、好きなことに打ち込める時間は決して多くありませんでした。それなのに――急に倒れて、そのまま目を覚まさずに死んでしまったら、私も夫も絶対に後悔します。

「キャンピングカーも、思い切って買おう。それで、全国を旅して回ろう」

数年前、初めて夫婦共通の趣味ができました。夫が見ていたYouTubeのキャンピングカーの動画を何気なく覗き見て、私も一瞬で虜になったのです。

いつかキャンピングカーを買って、あちこち旅をしてみたいね。

それが、私たち夫婦の夢でした。どのキャンピングカーを買うかも決めて、実は１カ月後に試乗予約を入れていました。夫はずっと、その日を楽しみにしていたのです。夢のままで終わらせたくありませんでした。

夫は少し考えた後、頷いてくれました。

自分の身体も人生も、他人任せにしない

安保徹先生の本のタイトルである『病気は自分で治す』。

この言葉で、私の人生は変わりました。

病気になったのは自分の責任です。だからこそ、病気を治すのも自分自身でなければいけません。信頼できる医師と出会うことは大事ですが、主治医の治療提案に唯々諾々と従う必要はありません。私が抗がん剤治療を拒否したこと、夫が抗がん剤治療を受け入れたことは、どちらも自分で決めたことです。

まずは、抗がん剤の効果と副作用について、主治医に尋ねました。

次に、自分で調べました。インターネットで情報を集めたり、がんを経験した人や、家族ががんになって看病したことがある人に、抗がん剤治療を受けた時のこと、どのような影響があったのかを教えてもらいました。

そうした情報を集めたうえで「自分はどうしたいのか？」を自分自身に問いかけて、答えを出しました。抗がん剤治療に限らず、あらゆる治療に対して、私たちはそうするべきだと思っています。

自分で決める。それは、勇気がいることです。しかし、自分がどうなりたいのか、どうしたいのかを明確にした上で選んだなら、どのような結果であっても受け入れることができるでしょう。また、次にどうするべきかも、おのずと見えてきます。

現在飲んでいる薬についても、薬局で渡される説明書の「副作用」欄は、必ず確認しています。そして、ある薬の副作用で、日中に強い眠気に苛まれたときは、

「先生、この薬の副作用で眠気がひどくて困っています。私には合わないので、同じ作用を持つ別の薬にかえてください。それが難しいなら、量を半分にしてください」

このように自分から提案して薬の量を減らしてもらい、眠気から解放されました。

病気になったとき、いちばん苦しいのは〝わからない〟ことです。

「どうして先生は私の病気を治してくれないの？」

「言われた通りの治療を受けて、不自由な身体になって、これからどうやって生きていけ

ばいいの？」

他人任せにしていては、この疑問は永遠に解けません。

病気になったのは自分の責任であり、どのような治療を受けるのかは自分で決めることができる。判断するための情報も、調べれば必ず手に入る。

それに気づくことができれば、心から笑える人生を取り戻すことができると、私は信じています。

心身を整える5つの習慣

夫が井出先生から教えてもらい、いまも続けている習慣について、一部ですがお伝えします。

【サウナ療法】

6分間サウナに入った後、水風呂に2分間浸かる。「温める→冷やす」を1セットとして、5セット行います。すると、血管が膨張と収縮を繰り返し、脳の血流が促進されるそうです。また、短時間で交感神経と副交感神経のスイッチを切り替えることで、自律神経を整える効果もあるようです。

サウナに行けないときは、自宅の湯船に熱めのお湯をはって、湯船に浸かる→水シャワーを浴びる→湯船に浸かる……を繰り返す方法で続けています。


【ウォーキング】

1日5キロメートル、8000歩くらい歩くことを心がけています。

近所の公園を毎朝3周して6000歩。あとは買い物に出かけたり、散歩したりすることで、だいたい8000歩に到達します。

雨の日は、家の中でエアロバイクを漕いでいます。ウォーキングほどの爽快感は得られませんが「やらないよりはずっと良い」そうです。


【呼吸法】

ヨガの呼吸法のひとつ、腹式呼吸を毎日実践しています。

まず、息を思い切り吐き、限界までお腹を凹ませます。このとき、肋骨の一番下あたりに手を当ててみると、肋骨が浮き出ることがわかります。

すべての息を吐き切ったら、息を吸って、お腹を膨らませてから、また吐きます。息を吐くお腹の力だけで、お腹を凹ませるのがポイントです。

これを数回やるだけで、身体がぽかぽかしてきます。夫はこの呼吸法を「20回1セット」として、朝・昼・晩の食前にそれぞれ10セット行っています。

【瞑想】

私たちは可能な限り、毎日、15分間瞑想しています。

瞑想すると心に溜まっていたストレスが霧散し、スッキリ感が得られます。イメージとしては、メモリ不足で動きが鈍くなったパソコンを再起動したら、スムーズに動くようになった、という感じでしょうか。

とくにサウナのあとに瞑想すると、相乗効果で心身ともに最高に良い状態になります。

【筋トレ】

ガンマナイフ治療の影響で倒れた後、夫はしばらくのあいだ頭があまりうまく回らず、目力が失われていました。

なんとかしなければと思ったとき、「身体の筋肉を鍛えれば脳機能も向上する」という話を聞いて、さっそくスクワットマシンとハンドグリップを購入しました。

１秒間に1回というハイペースで、腰を落として立ち上がるスクワットを毎食後６０回。太ももを中心に下半身の筋肉を鍛えつつ、スクワットのリズムに合わせてハンドグリップを握り込むことで、同時に握力向上もはかっています。

この筋トレをはじめてから、夫の目はパッチリと開くようになり、目力が戻りました。

毎日１８０回ものスクワットをして筋力がついたらしく、最近は毎食後７０回に増やして、さらに元気いっぱいにトレーニングしています。

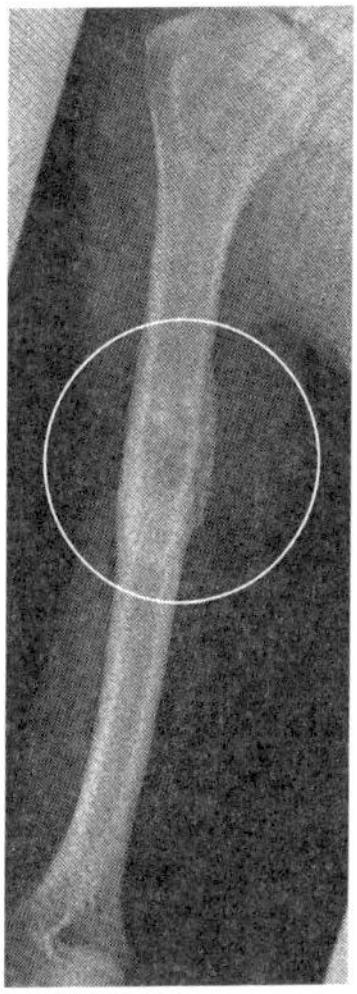
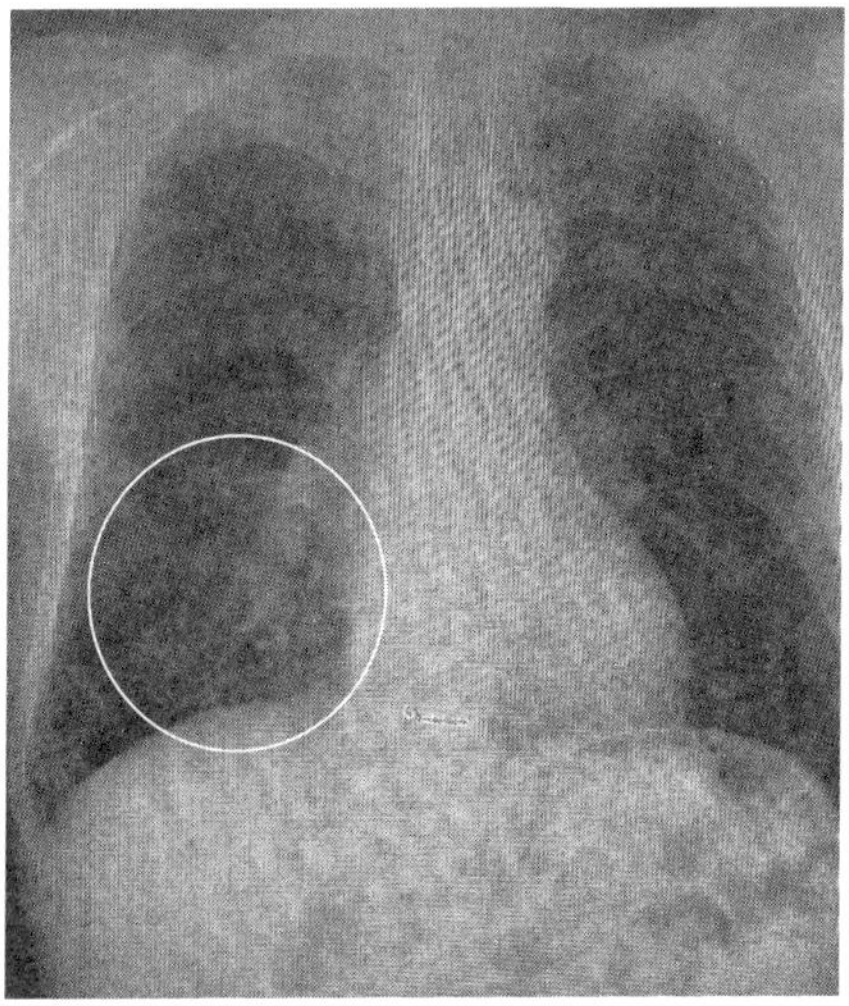

2024年11月19日のレントゲン画像
（左）右上腕骨の空洞がなくなってきた
（右）肺の腫瘍が消失した状態が維持されている

夫婦でがんになり、初めてわかったこと

私ががんになったとき、夫は仕事で出張していたため、毎晩電話で励ましてくれました。

そのときの気持ちについて尋ねてみると「気が滅入りそうだった」と答えました。

「顔色も表情も見えないから、正直どんな状態なのかわからなかった。安心させたいけれど、声だけで伝わっているかどうかわからなくて、しんどかったし、つらかった」

摘出した卵巣を見せられたときも、かなりショックを受けたそうです。

「自分ががんになるより、つらいと思った」

私も、夫の脳腫瘍摘出手術の日、同じ気持ちを味わいました。

「でも、自分ががんになったら、やっぱり怖かったし、不安だった。りるの気持ちをわかっていたつもりだったけれど、80%しか理解していなかったんだと思い知った。同じ立場になって、やっと残りの20%がわかったんだ」

その20%って何?と訊くと、

「自分の気持ちを隠してしまうこと。入院中、コロナ禍のときは15分間しか面会させてもらえなくて……面会中はすごく楽しいのに、一人になったらいつも頭の中でズン、って

重い音が響いて、世界が真っ暗になった気がして、怖かった。それで、りるが一人で家にいるときも、こんな気持ちだったんだなって。怖いと口にしなかったときも怖かったんだとわかった。あのころ家に帰れなくて、本当に申し訳なかった……これは本当に、自分がなってみないとわからないね」

がんになった時のつらさと、大切な人ががんになってしまった時のつらさ。

真剣に向き合って理解しようとしても、それは異なる苦しみですから、自分がその立場になるまで完全に理解することはできないのでしょう。私たちも夫婦でがんになって初めて、心から理解し合えるようになったのです。

愛犬・小太郎のこと

私たちの愛犬・小太郎のことも、少しお話しさせてください。

出会ったのは大阪の「ペット博」でした。マルチーズとトイプードルのミックスで、まだ生後４０日の子犬でした。

真っ白でふわふわな毛並みと、大きくてまん丸な目。あまりの可愛さに手を伸ばし、抱

き上げた瞬間、

「この子は私たちの家族だ」

そう直感し、連れて帰ることにしたのです。

命名したのは、夫です。以前から考えていたらしく、帰りの電車の中で箱に入った子犬に何度も「お前は小太郎だよ、いいね、小太郎」と、言い聞かせていました。「なんで和名?」と思いましたが、自宅についた時には、

「ここが、今日から小太郎のおうちだよ」

と、私の口からも自然にその名前が出ていました。


それから小太郎と過ごした15年半は、かけがえのない宝物になりました。

好奇心旺盛で、やんちゃで甘えん坊。その一方で、人の心がよくわかる子でもありました。

私は母に小太郎を抱かせてあげたくて、家に呼びました。母の腕の中で、小太郎はとてもお利口さんにしていました。

「よしよし、いい子だね、可愛いね……」

母は、とても嬉しそうな顔をしていました。このとき撮った写真が、母の最期の写真に

なりました。小太郎が家族になって１カ月後に、すい臓がんで緊急入院したためです。

２週間後に亡くなってしまいましたが、小太郎を抱っこしている姿だけは、あたたかい記憶として蘇ってくれるのです。

愛犬・小太郎

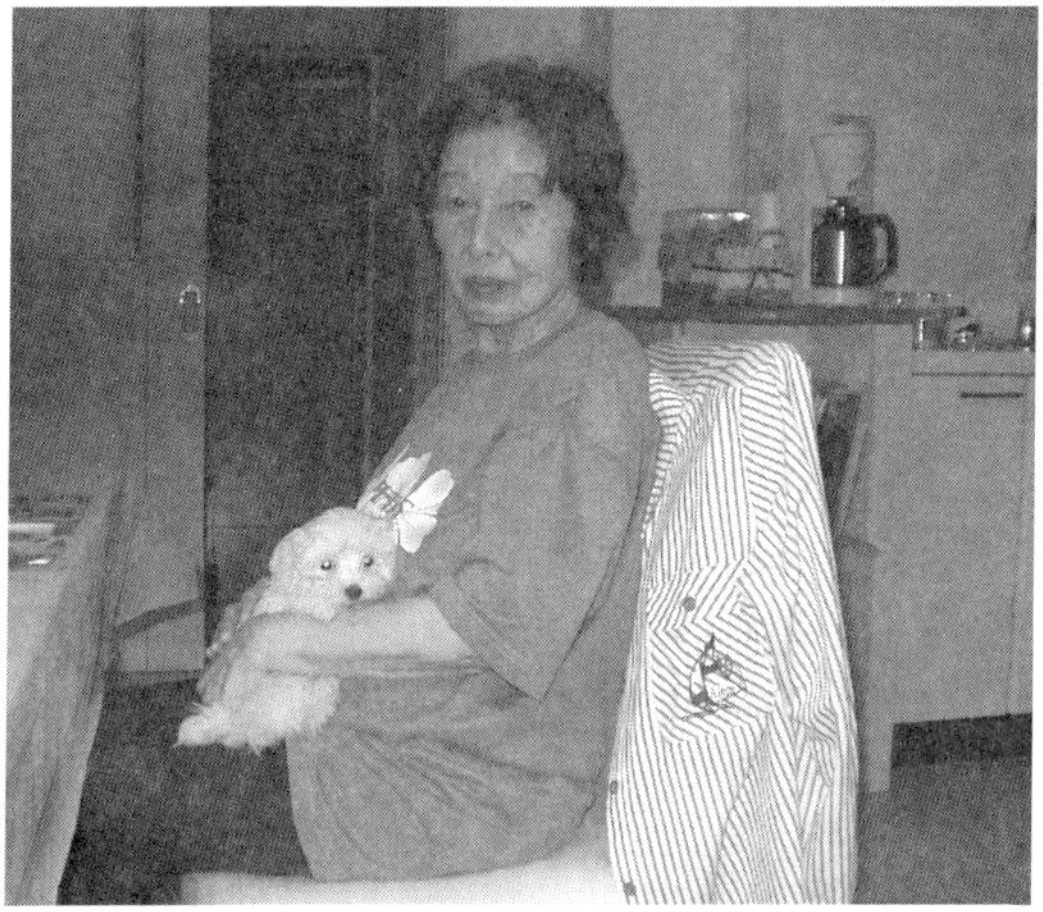

母と小太郎

私が卵巣がんになったときも、小太郎はずっと寄り添ってくれました。

時にはやんちゃをして私を振り回し、不安や恐怖から遠ざけてくれました。散歩に行ったり、遊んだりした時間があったからこそ、私はかろうじて〝日常〟を忘れずにいられたのだと思います。

実は小太郎自身も、7歳のときに線維肉腫というがんを患いました。

手術は成功しましたが、その後も心臓や腎臓、肝臓の不調が続きました。小さな身体で痛い治療にも一生懸命耐えて、元気になって、変わらず私たちのそばにいてくれました。

大切な家族

夫ががんになったときも、私が仕事で外出しているときは小太郎が夫に寄り添って、癒してくれていました。

母と私、そして夫。３人ものがん患者を救ってくれた、我が家の小さな勇者です。

２０２３年2月8日。夫の抗がん剤治療がもうすぐ終わるという頃に、小太郎は１５歳で天国に旅立ちました。

触れ合うことはできませんが、きっと今もそばにいて、私たちを見守ってくれています。

新しい夢のかたち、キャンピングカーの試乗

スーパーで倒れて3日間の入院をしてから、１週間後。私たちは滋賀県の代理店にいました。待ちに待ったキャンピングカーの試乗です。夫はまだ運転できないため、ハンドルは私が持ちました。

４人乗りの車内は広々としていて、ベッドはダイネットベッド（メインベッド）の他に、バンクベッド（運転席と助手席の上にある空間）もありました。寝ている間に夫の右上腕

にぶつかったりしないよう、ベッドは別々にする必要があったため、この車を選んだのです。

大きな冷蔵庫に、広々と使えるシンク。心地良い風が入ってくる広い窓に、ゆったりと座れるカジュアルなデザインのソファー。日差しと雨風を防ぐためのサイドオーニングも大きく、リモコンで出し入れできるという便利さも魅力的でした。

試乗のあと迷うことなく契約をして、頭金も入れました。

納車されたら、夫婦で全国を旅して回るつもりです。旅先でたくさんの人と出会い、人の輪を作って、がんになっても毎日を楽しんで生きている二人がいることを、あちこちで伝えてい

試乗したキャンピングカー

きたいです。

そんな活動をしながら、気に入った土地を見つけたらそこを自分たちの終の住処にして、生きづらさを抱えている人たちの居場所にする。それが目標です。

私は筆跡診断の講師として活動しながら、大阪拘置所の一部の女性受刑者に筆跡診断の授業を行ってきました。

そのなかで、生まれながらの犯罪者はいないこと、成長していく中のちょっとしたボタンの掛け違いで犯罪に手を染めてしまうことがあることを知りました。その掛け違いが起きてしまった原因は、誰もが抱えている孤独感や生きづらさにあるのではないか、と思いました。

私は、人間は孤独に弱い生き物だと思っています。私自身もそのひとりです。

苦しいとき、悲しいとき、楽しいとき、誰かに話しを聞いてもらいたいとき――そこに行けば、誰かが寄り添ってくれる、話を聞いてくれる、喜びや悲しみを共有してもらえる……そう信じられる場所があれば、私はとても安心できます。

その時の状況や感情を、丸ごと受け入れてくれる誰かがいる場所。いつでも帰ることができる、自分の居場所。それがあれば、孤独を抱えている人たちも、救われるのではないでしょうか。

皆が笑って過ごせる、安心できる居場所を作りたい。

夫に「一緒に作ってね」と言ったら頷いてくれたので、多少強引ではありますが、夫婦の目標にもなりました。


そして、誰もが笑い合える場所をつくるためには、何よりもまず、私たちが日々を笑って過ごしていくことが大事です。

アメリカの哲学者であり、心理学者であるウィリアム・ジェームズの名言に、次のようなものがあります。

「楽しいから笑うのではなく、笑うから楽しいのだ」

悲しいときは泣いていい。つらいとき

は弱音を吐いてもいい。

けれど、そのあとは、笑いましょう。

悲しくてもつらくても、笑ってみたら世界が少し明るく見えて、笑い声に引き寄せられるように、良いことが近づいてきてくれるものです。

1年後、生きているかどうかわからない。

それなら、今からたくさん笑って、今日を最高の1日にしていきましょう。

人生とは理想の未来にたどり着くための道のりではなく、幸せな1日の積み重ねなのですから。

あとがき

がんになった一般人が、抗がん剤治療を受けないという選択をして、どのように生きてきたか。それを、２０１２年１月からブログで、２０２０年の６月からは YouTube で伝えてきました。

ブログでは「癌克服日記」というタイトルで、丹羽先生と出会うまでの気持ちを詳細に綴りました。その後も不定期ではありますが、定期検査の結果や、日々の出来事、思いなどを「卵巣癌・術後の経過」というタグで、ご報告を続けてきました。

YouTube の動画は、夫が編集してくれました。仕事が忙しいなか、作業時間を作ることは大変だったと思いますが、いろいろ考えたり工夫をしてくれたりしました。最終回には夫も出演してくれるなど、思えば初めての〝夫婦の共同作業〟でした。

夫ががんになったときは、二人で「経過報告動画」を撮影して、ブログ、facebook、Instagram に投稿しました。

そんな中、ある人から次のような質問をいただきました。

「どうして、そんなに明るくいられるんですか？」

動画でも写真でも、私と夫がいつも笑っているからでしょう。

いつ再発するかわからない病気にかかって、不安にならない人はいません。私も夫も不安がまったくないわけではありませんし、ちょっとしたことに心が反応してしまい、怒ったり、イライラしたり、ショックを受けることがあります。

だからこそ、明るく笑うことを心がけています。怒りや不満を抱えたり、ケンカをしたりすれば、ストレスになって免疫力が落ちてしまうからです。

それに、相手が何にイラつくのか、ショックを受けるのかは、お互いによくわかっています。つい怒って言い返してしまっても、冷静になって考えれば「ああ、そうだよな。自分もそうだったなぁ……」と、理解できます。

Facebook
山上りるも

Instagram
(shanshangrirumo)

YouTube
りるもチャンネル

りるものブログ

どちらか片方しかがんになっていなかったら、もっとケンカしていたかもしれません。

「夫婦でがんになるなんて、よっぽど前世で悪いことをしたんだろうな～」

「だから今世での修行が長いんだろうね～」

などと笑い合えるのですから、私たちはこれで良かったのでしょう。

つらいときも嬉しいときも、SNSにありのままを報告してきました。多くの人からコメントやメッセージをいただき、時には知らない人から直接電話で感想を受け取ったこともありました。

私たちが「伝えたい」と思って発信したことが多くの人に届いて、少しでも励みになった

り、心の支えになったり、参考になったのかもと思えて、とても嬉しかったです。

今回、本を出版しようと思ったのも、同じ理由からでした。

私たちの経験が役に立つなら、まだ届いていない人――病気で苦しんでいる人や、悩んでいる人に届けたい。14年前の夜に私がカノープスの星に「生きたい」と強く願ったように、この本に出会ってくれた人が生きることを諦めず、もういちど前へと歩き出すきっかけになれたなら、こんなに嬉しいことはありません。

最後に――

2022年に、T先生と丹羽耕三先生が、他界されました。ご冥福をお祈り申し上げますとともに、私の運命を変えてくださったことを、心より感謝申し上げます。

2025年1月吉日

山上りるも

付録：私が参考にした本

安保徹　『病気は自分で治す―免疫学101の処方箋』（新潮文庫）

　　　　『安保徹の食べる免疫力』（特選実用ブックス COOKING）

丹羽靭負（丹羽耕三先生のペンネーム）

　　　　『がん治療「究極の選択」』（講談社＋α新書）

　　　　『SODがガン治療に革命を起こす』（廣済堂出版）

済陽高穂『今あるガンが消えていく食事　超実践編』（ビタミン文庫）

　　　　『ガンを消す食材レシピ　完全版』（主婦と生活社）

石原結實『体を温めると病気は必ず治る　実践編』（三笠書房）

安保徹・石原結實

　　　　『ガンが逃げ出す生き方』（講談社）

井出貴之『正法医眼―病の真実』（Kindle版・電子書籍）

【著者プロフィール】
山上 りるも（やまがみ りるも）
筆跡診断士事務所「オフィスりるも」代表
1968（昭和 43）年、大阪生まれ。2006 年に筆跡診断士となる。
筆跡心理学を取り入れたコンサルタント業務をはじめ、企業等からの依頼による講演活動を各地で行っている。全国初の試みとして、拘置所で筆跡心理学を取り入れた更生・教育にも関わってきた。
42 歳で卵巣がんを宣告されて腫瘍摘出手術を受けたが、抗がん剤治療は選択せず、東洋医学に基づく食事療法や生活習慣によって完治。術後 5 年目より、講演会『「がん」が教えてくれたこと』をスタート。病気と向き合って見えてきたことや、食生活の大切さ、当時は言葉にできなかったさまざまな気持ちなどを、一般人の体験談として伝えている。2025 年 2 月より、術後 15 年目に入る。

今日、笑って過ごせれば
卵巣がんが完治した妻と、肺がん・脳腫瘍を発症した夫の日常

2025 年 1 月 20 日　第 1 刷発行
著　者——山上りるも
発行者——高木伸浩
発行所——ライティング株式会社
〒 603-8313 京都市北区紫野下柏野町 22-29
TEL：075-467-8500　FAX：075-468-6622

発売所——株式会社星雲社（共同出版社・流通責任出版社）
〒 112-0005 東京都文京区水道 1-3-30
TEL：03-3868-3275

印刷製本：有限会社ニシダ印刷製本

ISBN：978-4-434-35279-9　C0095 ￥1200E